Contents

Qumola
クモラ
エンリケたちの世話をする、小間使いの少女。
Minth
ミンス
武装司書。粗野だが勇敢な性格の男。
Zatoh
ザトウ
自らを傷つけ続ける謎の男。バントーラ図書館を襲った『怪物』と思われるが…。
Noloty
ノロティ
武装司書見習いの少女。格闘戦を得意とするが、能力はいまだ低い。

戦う司書と雷《いかずち》の愚者
Tatakau Sisho to Ikazuti no Gusha
characters
Ganhanzel
ガンバンゼル
神溺教団の指導者。世界最強の怪物を産みだすことを目的とする。
Hamyuts
ハミュッツ
バントーラ図書館館長代行。冷酷で極めて好戦的。投石器を操る。
Enlike
エンリケ
神溺教団のもとで、怪物になることを目指す少年。

イラスト／前嶋重機

戦う司書と
Tatakau Sisho to Ikazuti no Gusha
雷《いかずち》の愚者

序章　黄金の怪物

雷《いかずち》は良いものだ。

自らの体から咲いて散る、青い火花を眺めながら、一人の愚者がそう思う。

銃よりも、剣よりも、火より水より投石器よりも、雷の力はずっと良い。避けようがなく、防ぎようがなく、無慈悲なところがとても良い。攻撃以外の何にも使えぬ、純潔さが特に良い。

何もかも消して灰に変え、忘れてしまえるそこが良い。

さあ、忘れよう。気に染まぬもの全て過去に変え、忘れてしまえば楽になる。

雷の愚者は右手を伸ばす。その唇がわずかに動き、小さく言葉を口にする。

「……………クモラ」

神々の時代、過去管理者バントーラによって建造された、神立バントーラ図書館。船が一隻《せき》通れそうな、正面のアーチをくぐって中に入ると、そこは一般利用者用のホールになっている。

巨大ホテルのロビーにも似たこの一般用ホールは、普段は『本』の閲覧《えつらん》を希望する人々で埋め尽くされている。歴史研究家は歴史上の人物とそれに関《かか》わった人の『本』を求め、魔術研究家や科学者は過去の偉人の業績に触れに来る。芸術家の『本』を求める愛好家。過去の戦士の『本』に学ぼうとする現代の戦士。そして愛した家族や恋人の記憶を探す普通の人々。

しかし今は、彼らの姿はここになく、静まり返ったホールの中は、ひどく薄ら寒い。

ホールの中は、荒れ果てている。

壁に打ち込まれた、数知れない銃弾。薄い赤の絨毯《じゅうたん》に、百を超える焼け焦《こ》げの跡《あと》。そして、赤い絨毯をまばらに染める、茶色に乾いた大量の血痕《けっこん》。見る影もなく破壊された調度品が、かつてここで行われた戦闘の激しさを物語っていた。

そのホールの中に、武装司書ミレポック＝ファインデルが、一人たたずんでいた。

ミレポックは、絨毯についたひときわ大きな血痕を見つめている。それを見ながらミレポックは、かつてそこで戦った、ある男の姿を思い出していた。

「どうしたの、ミレポックさん。もうここには何もないわよ」

声は、突然かけられた。ミレポックは後ろを振り向く。いつの間にかホールにいたのは、武装司書のイレイア＝キティだ。

「それとも、なにか手がかりでも掴《つか》んだのかしら」

イレイアは武装司書らしからぬ表情で、ミレポックに微笑《ほほえ》みかける。

「……………いえ、少し、考えごとを」

「どうしたの？」

ミレポックは、巨大な血の染《し》みを見つめながら、静かに言う。

「こういう事件があると、戦闘向きの能力を得なかったことを後悔したくなります」

「……あらまあ」

「今からでも遅くないから、もう一度、養成所に戻って、魔術審議をしなおそうかと」

イレイアは首を横に振る。

「いけないわ。ミレポックさん。これ以上新しい魔法を覚えると、混沌《こんとん》に近寄り過ぎて、心を病《や》みかねないわ。それに、あなたみたいな、戦闘以外で活躍する武装司書が、これからは必要になる、それがハミュッツさんの方針じゃない」

「わかっています。ただの、愚痴《ぐち》です」

「そろそろ仕事に戻りましょう。どこにいったのかと心配していたのよ」

ミレポックは頷《うなず》き、イレイアのあとについて歩き出す。ホールを出る間際、ミレポックは振り返り、荒れ果てたホールをもう一度見た。

一月前、ここに現れた一人の男。武装司書たちは彼を『怪物』と呼んでいる。

ひどく陳腐《ちんぷ》な呼び方だ。しかし、このホールに立ってあの男を思い返すとき、『怪物』以外にふさわしい形容が浮かばないのだ。

トアット鉱山を舞台にした、神溺《しんでき》教団との戦いから、半年以上が過ぎている。

陰謀の主謀者《しゅぼうしゃ》、シガル＝クルケッサはすでにこの世を去り、シロン＝ブーヤコーニッシュの『本』と、常笑《とこ》いの魔刀はすでに迷宮の奥底に封印されている。舞台となったトアット鉱山もすでに平穏《へいおん》を取り戻し、事件の傷跡は過去のものになりつつある。

だがそれで、神溺教団は滅んだと思ったものは、武装司書の中に一人もいないだろう。

なぜなら武装司書は長い歴史の中で、神溺教団の指導者を幾人《いくにん》も、同じように葬《ほうむ》ってきたのだから。葬っても葬っても復活する神溺教団。シガルの死ごときで彼らが滅ぶわけがない。

武装司書が神溺教団を、最大の敵と認識しているのは、彼らの邪悪さだけが理由ではない。今まで打ち倒してきた数百人、数千人の信徒の『本』が、一度も見つかったことがないのだ。今回もシガル＝クルケッサの『本』は出土していない。そして、シガルに従っていたボヒリン商会の構成員、爆弾を統括《とうかつ》していた宿の女主人。そして爆弾たちの『本』もまた見つかっていない。

盗まれるのなら、武装司書のほうにもまだ対応の手段がある。だが、はじめから見つからないというのは、どう考えてもありえない。

一体、彼らの『本』はどこへ行くのか。そして神溺教団の核心はどこにあるのか。その謎《なぞ》を解くまでは、教団との戦いは終わらない。武装司書の誰もがそう思っていた。

だがそれでも、シガルの死が一つの区切りになったという安堵《あんど》は、皆の中にあった。

ミレポックのたたずむホールで起きたあの事件も、その安堵が生んだものと、言えるかもしれない。

その日のバントーラ図書館は、平常どおりに運営されていた。正面玄関は開け放たれ、ホールは一般の利用者に埋め尽くされている。ある者は申請書《しんせいしょ》を書き、ある者は長い長い待ち時間をチェスや備え付けのビリヤードで潰《つぶ》している。

武装司書たちはいつもどおり、『本』の配架《はいか》や探索のために、多くが迷宮にもぐっている。戦闘力を持たない一般の司書たちは、封印を受けていない『本』の貸し出しや、閲覧希望者の対応など、さまざまな事務仕事をこなしている。

平常と一つ違うのは、館長代行のハミュッツが、現代管理代行官と各国首脳との会議に出席していたことだ。それには何人かの武装司書も随行《ずいこう》していた。しかしそれも決して大きな出来事と呼べるものではない。

それが現れたのは、そんな日の午後だった。

その男は、正面玄関から悠々《ゆうゆう》と歩いてきた。その男の通り道を、さえぎろうとする者はいなかった。人々はその姿を見るなり、後ずさって道を空《あ》けた。

異様な風体《ふうてい》だった。外から見えるのは、全身をくるむ黒いマントと、頭部全《すべ》てを覆《おお》う兜《かぶと》のみ。

兜は、輝くような黄金。その面には、哄笑《こうしょう》の表情が彫《ほ》りこまれていた。歓喜の笑顔が、まるであたりの者全てを笑い飛ばすかのように、ゆっくりと歩いていく。

その男はそのまま、平然と、受付に向かって話しかけた。男、と判断できる材料はその声だけだ。

「ハミュッツ＝メセタを呼べ」

「どちら様でしょうか」

受付の女性は、その風体におののきながらも、通常どおりの対応をする。

「どちら様？」

たずねられた男は肩を震わせた。笑っていた。

「神溺教団から来た怪物だ。ハミュッツ＝メセタを呼べ」

その日の受付は、戦闘訓練を受けていない一般司書だった。神溺教団の存在も当然知らない。

「………代行は本日不在です。代わりの者を呼びますので、ご用件をこちらの書類に記入し、控《ひか》え室でお待ちください」

受付の女性はおびえながらも、それでも普段どおりの対応をする。

すると、兜の下から噴《ふ》き出すような笑い声がした。

「控え室でお待ちください？　控え室で？　控え室で？」

マントが激しくよじられ、『怪物』が笑い転げる。受付は、椅子《いす》から腰を浮かせ、逃げようとする。こういうおかしな手合いには、武装司書か、見習いが対応してくれるはずだ。それがなぜ来ないのか。女性は目であたりを探す。

「あんた運が悪いなあ」

笑うのをやめた『怪物』が手を伸ばす。強烈な破裂音が響いた。女性の顔と髪が焼け焦げて、椅子からもんどりうって倒れた。即死だった。

空気を引き裂くような悲鳴が上がり、周囲がパニックになった。一般利用者たちが出口に殺《さっ》到《とう》する。つまずく者、転ぶ者、転んだ者を踏みつけてしまう者。彼らの混乱を、黄金の兜があざ笑うように見つめていた。

武装司書の側も決して襲撃《しゅうげき》に無《む》警戒《けいかい》だったわけではない。そのときも二人の見習いが警護についていた。しかし、その見習いたちがたった一人の男に、誰にも気づかれないまま消されていることなど、さすがの武装司書たちにも予想外だったのだ。

その時ようやく、混乱する人たちを掻《か》き分けて、一人の武装司書が駆けつけた。

彼はたまたま、そのとき迷宮から出てきたばかりだった。おかしな男がいるとの連絡を受けて駆けつけてきたのだ。

「なんだ、お前」

『怪物』が聞く。駆けつけた武装司書は答えない。問われたら名乗る。そんな騎士道とは無縁《むえん》の男だった。

彼の名は、ミンス=チェザインという。歳《とし》は、二十代半《なか》ば。浅黒い体を革《かわ》のジャケットに包んだ、屈強な肉体の男である。腰の太いベルトには、大きな拳銃と抜き身の剣が無造作《むぞうさ》に差されている。

ミンスは無言で、ベルトに挟《はさ》んだ拳銃を抜いた。『怪物』の胸に三発。威嚇《いかく》や手加減が必要な状況ではない。

『怪物』は、三発全て、避《よ》けようともせずに食らった。銃弾は貫通し、壁を撃ちぬいて巨大な蜘蛛《くも》の巣のようなひび割れを作る。『怪物』が前のめりに倒れた。

ミンスはつばを吐き捨て、拳銃を腰に戻す。代わりに剣を抜き、男に向かって歩いていく。

「なんのつもりだ、この外道《げどう》が」

ミンスは呟《つぶや》く。

愛用の剣は、短く分厚い、鉈《なた》のような片手剣だ。それを『怪物』の首筋に振り下ろして、とどめを刺すつもりだった。ミンスは黄金の仮面を踏みつけ顔をのけぞらせる。仮面の下から現れたむき出しの喉《のど》に、刃《やいば》を叩《たた》きつけようとする。

そのとき、数秒遅れて、二人の武装司書が駆けつけた。予知能力を持つマットアラストと、思考共有使いのミレポックだ。

マットアラストが、剣を振り下ろそうとするミンスに叫んだ。

「斬《き》るな！」

その言葉は聞こえてはいたが、ミンスは剣を止めなかった。振り下ろされる剣。それが『怪物』に触れた瞬間、ミンスの体に感じたことのない衝撃が走った。

血が沸騰《ふっとう》するのをミンスは感じた。脳が、内臓が一度に焼かれる。ミンスは手から剣を離し、もんどりうって転がった。

ミンスが離れると同時に、マットアラストの銃弾が放たれた。二丁拳銃の全弾、十二発の銃弾が倒れたままの『怪物』を貫く。『怪物』の体が痙攣《けいれん》するように跳《は》ね回る。

「ミンスさん！」

倒れたミンスにミレポックが駆け寄ってくる。ミンスはしびれの止まらない体を、ミレポックの助けを借りてようやく起こす。

「なんじゃ、これ」

「雷撃だ。そいつ、自分の体に雷気を通してる。剣で斬ったらやられるぞ」

リロードしながら、マットアラストが解説する。彼は予知能力で、雷撃に撃たれるミンスの姿を見ていたのだろう。

「このクソ、生きとるんか」

「当たり前だ……二人とも離れろ」

マットアラストの言葉とともに、二人は飛びのく。

『怪物』が倒れたまま、片手を挙げる。

二人がいた場所に、青い雷撃が落ちた。マットアラストが言わなければ、それで二人ともやられていただろう。

「まだ来るぞ！」

『怪物』が、ばね仕掛けの人形のように立ち上がる。ゆらりとマントが揺れ、その手が振るわれる。指先から放たれたのは、水だった。銃弾並みの速さで放たれる水滴は、銃弾以上の破壊力を持っていた。

ミレポックとマットアラストが、伏せてかわす。ダメージの残っているミンスが避けきれない。大きな体が吹き飛ばされて、壁に叩きつけられた。

指揮者のように振るわれる『怪物』の手から、放たれ続ける水撃。全方位に放たれる重機関銃だった。逃げ遅れた人々が、巻き添えになる。

ミレポックが床を転がりながら銃を抜いて撃つ。銃弾が命中する直前に、『怪物』のマントが生き物のように動いた。

「何、あれ」

ミレポックが思わず叫ぶ。床につくかつかないか程度だったマントが、数メートルほど伸び、『怪物』の体を繭《まゆ》のように包んでいた。うごめく布に阻《はば》まれた銃弾が、絨毯に落ちるのをミレポックは見た。

「雷撃使いで、水使いで、布使い。それにあの回復力か。いくつ力を持ってるんだ」

マットアラストが冷静にそう言う。そして両手の拳銃を構えて一歩前に出た。

「二人とも離れて援護しろ。二人とも、戦闘重視のタイプじゃない。どうやら、相手になるのは俺だけらしい」

『怪物』が仮面の下で哄笑する。

「馬鹿《ばか》か、お前」

「何がだい?」

マットアラストが、少しずれた黒帽子の位置を直しながら聞き返す。

「お前も、相手にならねえよ」

「そうかな」

マットアラストがわずかに笑う。その瞬間、『怪物』の手から雷撃が放たれる。

黒い背広のすそが翻《ひるがえ》る。猛烈《もうれつ》な速度で、ダンスのようなステップを刻《きざ》む。隙間《すきま》を縫《ぬ》うように、マットアラストが雷撃を避ける。まるで雷撃のほうがマットアラストから逃げたかのようだった。

『怪物』が、わずかに驚きの声を漏《も》らす。

「思ったより、楽しめそうじゃないか」


それから、戦いは十数分続いた。

マットアラストの言うとおり、相手になるのは彼一人だった。

「あ、ははははは」

笑い声とともに、『怪物』が攻撃を放つ。雷撃、水弾、そして伸びてくる布。それらを一瞬たりとも途切らせることなく放ち続ける。それらのことごとくを、マットアラストはかわし続ける。攻撃の合間を縫って、銃撃を打ち込み続ける。銃撃はことごとく命中する。

マットアラストの能力は予知。常《つね》に二秒先の未来を見ながら戦う彼は、攻撃を受けてから避け、攻撃が当たるのを見てから撃つ。それゆえに避け得るならばいかなる攻撃も避け、当たる可能性があればいかなる攻撃も当てる。

今度の戦いも、一見してマットアラストが圧倒している。あくまでも見かけ上は。

四発の弾が、仮面を貫いて頭部に命中する。しかし何事も起きていないかのように、『怪物』は水弾を放つ。マットアラストは黒帽子を吹き飛ばしながら、横に飛んでそれを避ける。

マットアラストはすでに五十発近い銃弾を打ち込んでいる。にもかかわらず『怪物』は、よろける様子すら見せない。いかなる攻撃も避けるマットアラストと、いかなる攻撃も通じない『怪物』。どちらが優勢かなど、議論にも値《あたい》しない。

ミンスとミレポックも、壁際から銃で援護を続けている。だが彼らの攻撃は、戦況に大きくは貢献《こうけん》し得ない。二人は近づくこともできず、消極的な攻撃を続ける。

『怪物』のマントの下から、血が滝のように流れていた。真っ赤な足跡を床につけながら、『怪物』はなおも戦い続ける。いつまで、こいつは立っているのか。やがてミンスたちは、恐怖に駆《か》られはじめた。

その時、マットアラストの動きが止まった。

「ミレポ、銃を投げろ！」

マットアラストが叫んだ。弾が尽きた。ミンスとミレポックは直感する。

ミレポックが銃を投げる。だが、その落下地点に、雷撃が打ち込まれた。マットアラストは近づけない。足が止まったマットアラストに、水撃が放たれる。マットアラストが初めて、攻撃をその身に受けた。

その時ミンスが、銃を投げ捨てて走り出した。目標は『怪物』の背中。

「やめろ！」

マットアラストが、かすれた声で叫ぶ。その突撃はあまりにも無謀。ミンスが走りながら、落ちていた自分の剣を拾った。振り向いた『怪物』が雷撃を放つ。その瞬間、ミンスは剣を放り投げていた。雷撃が剣を撃つ。ミンスは走り続け、雷撃に焼かれた剣に追いついて捕らえる。

熱く焼けた剣が、ミンスの手を焼く。ミンスは歯を食いしばって、体ごと剣を『怪物』に叩きつける。手には背骨ごと切り裂く感触。耳にはブブリ、と体から内臓がはみ出る嫌な音。今度こそ取った、とミンスは確信する。

だが、それでもなお『怪物』は止まらない。うごめく布がミンスの足に巻きつく。

ミンスは倒れる。『怪物』が雷撃を放とうと、ミンスに向けて掌《てのひら》を広げる。

その時、『怪物』の首を、強烈な衝撃が貫いた。ミレポックが全体重を乗せた細剣の一撃が、首の骨を砕《くだ》いて串刺《くしざ》しにする。

『怪物』の仮面の下から噴き出る大量の血が、押さえつけられたミンスを濡《ぬ》らす。

ミレポックが剣を引き抜く。さらに追撃を加えようとしたとき、彼女の手を布が捕らえた。その体を持ち上げ、ミンスの上に叩きつける。肺の空気を搾《しぼ》り出すような二人のうめき声。

そして、ミンスは見た。

「……………あ」

『怪物』が仮面の下で、口を開くのを。その口の中で、火が燃える。その火が、自分たちに向けて放たれる。自分も、ミレポックも避けようがない。

「あ」

ミンスが自分の死を直感したとき、妙にのんきな声が聞こえてきた。

「まだ一発残ってた」

『怪物』の口の中に、一発の銃弾が打ち込まれるのを、ミンスは見た。

顔面の下半分が、炎を上げて破裂した。『怪物』が、初めて苦悶《くもん》の叫びを上げた。

マットアラストが、弾が尽きたはずの銃を構えていた。

「悪いね、ミレポ。やっぱり銃は投げなくていい」

マットアラストが狙《ねら》いを定めたのは、口を開く直前、撃ったのは口を開くその瞬間だった。

予知能力者にしか為《な》しえない、攻撃の前に放たれる反撃。あるいは弾が尽きたその瞬間から、この顚末《てんまつ》まで全てマットアラストの手の内だったのかもしれない。

顔の下半分が吹き飛び、首を細剣に貫かれたまま、『怪物』が大きく飛び退《の》く。ミレポックとミンスの拘束《こうそく》が解ける。まだ、動けるのかとミンスは体を起こしながら驚愕《きょうがく》する。

『怪物』は大きく飛び退き、出口に向かって走り出した。

ミンスが焼けた剣を握りなおし、駆け出す。しかし、それをマットアラストが制止した。

「よせ。追っても、今の装備じゃ殺しきれない」

「なんじゃと？」

「ミレポック。港と飛行場に思考を送れ」

「え？」

ミレポックが立ち上がりながら聞き返す。

「兜の男が来たら、抵抗せずに乗り物を明け渡せと」

「おい、このまま帰すんかよ！」

ミンスが激昂《げっこう》する。ミレポックも、納得している表情ではない。マットアラストは、首を横に振る。

「お前なら、わかるだろう、ミンス。あいつはまだ余力がある」

と、マットアラストは両手の拳銃を二人に見せた。両方とも、もう一発も弾がない。

「すまんがこっちはないいんだ」

「でも、このまま逃がしていいのですか？」

「逃げてくれるなら、ありがたいと思うしかない。一般の人たちに被害を出すな」

「………わかりました」

と、ミレポックが目を閉じ、思考を送る。程なくして、ミレポックが言う。

「飛行機を奪われました。被害はないそうです」

「そうかい」

窓の外を飛行機が飛んでいくのをミンスは見た。三人は歯噛《はが》みしながら、飛んでいく飛行機を見つめていた。

事件のことを思い返すミレポックの表情は苦々しい。

三人の武装司書がいながら、正面から敵の侵入を許し、あまつさえ撤退を許した。失態《しったい》と言うほかない。

それ以上に、敵の攻撃の内容が、衝撃的だった。

「シガルさんのやり方を見る限り、搦《から》め手で来る相手だと思っていたのだけれどね」

前を歩くイレイアが言った。

トアット鉱山での戦いで、敵はハミュッツのみに標的を絞《しぼ》ってきた。攻撃の手段も策を張り巡《めぐ》らせ、無力化させてから倒すという戦略をとってきた。

ハミュッツたちトップクラスの武装司書は、一対一で常笑いの魔刀を打倒できる。武装司書のほうが戦力で上回る以上、次もそうしてくるという楽観的な予測があった。よもや正面から、しかも単独で攻撃をかけてくるというのは、武装司書側にとって全く予想外であった。

「悔《くや》しいけれども、歯が立ちませんでした。我々の陣営で、正面から立ち向かえるのは、五人いるかどうかでしょう」

「勝てる、ではなくて立ち向かえるのが五人ね」

「近距離、中距離では代行ですら、間違いなく勝てるとは言い切れない。確実に倒すには、マットアラストさんや、イレイアさん並みの人が最低でも二人以上いないと」

「ミレポックさん、倒すことを考える前に、まず見つけることを考えなくてはいけないわ」

イレイアが、ミレポックをたしなめる。

現在、逃げた『怪物』の行方《ゆくえ》を追い、捜索隊が世界に散らばっていた。主力の武装司書のほとんどをこの事件にまわし、各地の情報収集や、要人警護に当たらせている。彼らから送られてくる情報を、ミレポックを通じて本部に伝え、判断を下す。

しかし未《いま》だ発見の報告はおろか、手がかりになる情報すらつかめていなかった。

戦いから一カ月。荒れ果てたホールだけを残し、『怪物』は夢だったかのように姿を消していた。

「そういえば」

と、イレイアが言った。

「話は変わるけど、ミレポックさん。ノロティさんはちゃんと仕事をしているの？」

「ノロティですか？　どうして急に」

「いえ、たいしたことではないけれど、あの子はどうにも心配をかけるからね」

「ノロティですか……」

と、ミレポックは腕組みをする。そして頭の中で、話題になっている少女の顔を思い浮かべる。思い返すミレポックの表情は苦々しい。

「本音を言えば、今すぐ助けに行きたいところです」

「気苦労が多いわね、ミレポックさんも」

イレイアはくすくすと笑い、ミレポックはため息をついた。

第一章 透明の男、殴る少女

「くしゃ」

ノロティ＝マルチェは一つくしゃみをした。

「風邪《かぜ》ですか？」

隣にいた男が聞いた。銃を腰に差した、若い男だ。ノロティは鼻を擦《こす》りながら答える。

「それはないです。かかったことないですから」

「でも、まだ三月ですよ。寒くないんですか？　その格好《かっこう》で」

「あたしは冬でもこれです」

ノロティは、自分の服をつまみながら答える。だが男の言うとおり、ノロティ＝マルチェの服装は、少し薄着が過ぎるように見える。

上半身は白い肌着《はだぎ》と袖《そで》のないジャケット。下半身のズボンは膝《ひざ》の辺《あた》りで切り詰められている。衣服からすらりと伸びる手足は細いが、か弱さは感じさせない。体はトースト色に日焼けし、その姿は、山を駆ける野生の鹿《しか》を思わせる。

奇妙なのは、その手足に巻かれた荒縄《あらなわ》だ。両膝、両肘《ひじ》、そして両の拳《こぶし》。肌に食い込むほどきつく巻かれている。それはお洒落《しゃれ》や酔狂《すいきょう》でつけている物ではない。自《みずか》らの体を保護する、武器であり防具なのだ。

「よく寒くないですね」

「一応鍛《きた》えてますから」

ノロティがいるのは、二十メートル四方ほどの、広い事務所の中だ。十数脚の机が整然と並ぶ部屋は、タバコの煙と働く男たちの匂《にお》いが立ち込めている。そのなかでノロティは一人、隅《すみ》のソファに座り、新聞紙を広げていた。

見ているのは、新聞の中ほどの広報欄《らん》。大きく掲載されている広告だ。

『情報求む　トアット鉱山から盗まれた『本』の情報
情報提供者には千キルエ　解決につながる情報には一万キルエ
神立バントーラ図書館』

その広告を眺《なが》めながら、ノロティは大きくため息をついた。

「おや、ノロティさん。戻ってましたか」

と、そのときドアが開き、一人の男が入ってきた。

「お疲れ様です」

「お疲れ様です」

と、入ってきた男に声がかかる。入ってきたのはブジュイ市の保安官長だ。超国家的組織である武装司書とは違う、国と街が管理する治安維持《いじ》官である。

ノロティは、彼と彼の部下たちが使う、保安官事務所にいた。

「情報提供者が現れたそうじゃないですか」

口ひげをなでながら、保安官長が言った。彼はノロティの父親ほどの歳《とし》だが、ノロティには敬語を使う。ノロティの立場は彼よりも上位に位置する。

「……はい」

新聞をたたみながらノロティは答える。

声が暗い。今日の朝、名乗り出た情報提供者に会うため、意気揚々《いきようよう》と出て行ったときとは大違いだ。

「だめだったんですか？」

「……………」

返事をしないノロティを見て、保安官長の表情が引きつる。

「まあ、その、ガセでもしょうがないというか……」

額《ひたい》に汗《あせ》を浮かべながら、保安官長はフォローを入れる。その保安官長に、ノロティはさらに暗い声で言う。

「お金だけ持って逃げられました」

「………………」

保安官長も、思わず声を失う。ノロティは、もう一度深くため息をついた。

「もしかしたら千キルエ、自腹切ることになるかも」

「ま、何とかなりますよ、その、気にせずに」

「……ありがとうございます。がんばります」

沈みきったノロティを、どうにか慰《なぐさ》めようと、保安官長は冷や汗をかきながら言う。ノロティは力なく頷《うなず》いた。

ノロティが新聞をラックに放り込み、立ち上がる。

「ちょっと、外出てきます。事務所の鍵《かぎ》は持ってますから、戻らなくても気にしないでください」

「どちらへ？」

「空気吸ってくるだけです」

そう言ってよろよろと、ノロティは外に向かう。後ろから保安官長は励《はげ》ましの声をかける。

「あの、武装司書さん。頼りにしてますからね」

扉を押して外に出ようとしたノロティは、振り向いて答える。

「ありがとうございます。あと保安官長さん、あたし、厳密には武装司書じゃないんで……

そのあたりよろしくお願いします」

そう言ってノロティは、事務所から出て行った。

ノロティ＝マルチェのいる町は、ブジュイ商業都市という。イスモ共和国西岸に位置する港町だ。南の農園からは綿花《めんか》や小麦やとうもろこしが、東の鉱山からは石炭と『本』が運ばれ、この町に集まる。

イスモ共和国の西の中心都市である。賑《にぎ》わう町の中を、ノロティは歩いている。

自身が言っていたとおり、ノロティは武装司書ではない。世界中の人々の、羨望《せんぼう》と畏怖《いふ》の対象である赤銅色《あかがねいろ》のエンブレムを、ノロティはまだ持っていない。

ノロティの立場は武装司書修学生。司書を育てる学校に在籍し、戦闘訓練と実戦訓練を積む、いわゆる武装司書の見習いだ。

彼女のような見習いにとって、実戦の仕事は武装司書への昇格のチャンスである。この事件を無事に解決できれば、一気に昇格の可能性もある。だが、もし失敗したら。

ノロティは、またため息をつく。

「今度だめだったら、クビかなあ」

見習いになってはや一年。失敗続きのノロティは、そろそろ首が危ぶまれる段階に来ていた。

今回の事件は彼女にとって、最大のチャンスであり、最後のチャンスだった。

もう何度目かもわからないため息をつく。ノロティは大通りを歩いていた。

もし、仕事に失敗したらどうなるだろう。ノロティは歩きながらそんなことを考えていた。

浮かんでくるのは、憧《あこが》れのエンブレムを身につけた、先輩たちの顔である。

まずノロティは、直接の指導教官であるミレポックのことを考えた。感情を任務の下に封じ込めた、冷徹な顔がノロティの頭に浮かぶ。

ノロティの報告書に目を通したミレポックは、

『『本』は見つからなかったのね』

と言ってばさりと、報告書を投げ捨てるだろう。

「ご、ごめんなさい」

いつものようにノロティが頭を大きく下げて謝ると、ミレポックは言うだろう。

「何を謝っているの？」

「あの……任務を……」

「何度言えばわかるの？　武装司書にとって無能はそれだけで罪よ。あなたの無能は謝って償《つぐな》える罪なの？」

「あ、あの、ええと」

ノロティはそう言われて情けなく口籠《くちご》もる自分の姿がありありと想像できる。

「過ぎたことは、もういいわ。わたしが聞きたいのは、あなたの無能をどうやって償うのかということよ」

淡々《たんたん》と、そしてねちねちとミレポックの説教は続くだろう。

ノロティが「辞《や》めます」の一言を言うその時まで。

怖い。怖すぎる。辞めるにしても、せめて温情のある辞めさせられ方をしたい。

温情のありそうな人、ということでノロティは次にイレイアの顔を思い出した。もうそろそろ六十に近づきながら、まだ現役を続けているイレイアおばさん。

でも、だめだと、ノロティは頭の中で打ち消す。あの人はミレポックさんとは別の意味で怖い。あの人は、たぶん怒らない。怒らないけれども、隣にいるミレポックさんあたりに、こう言うに違いない。

「『本』は見つからなかったようね。ミレポックさん、どうしましょうか」

「わたしがブジュイに向かい、全武装司書と共和国の中央捜査局に緊急手配書を配って協力を仰《あお》ぎます」

「そうね、わたしもそれがいいと思うわ」

「代行にも報告し、指示を仰ぐべきだと思います」

「まあ、いい考えだわ。さすがはミレポックさんね」

そして、イレイアは笑顔のままノロティを指差し、こう言うだろう。

「ところで、あそこにいるお嬢ちゃんは、誰だったかしら?」

それは怖い。ミレポックに怒られるよりずっと怖い。ノロティは背中をがたがた震わせて身震いした。

優しい先輩なら、マットアラストがいる。いつも飄々《ひょうひょう》とした、頼りになる先輩だ。

あの人はきっと、淡々とノロティの報告書に目を通したあと、

「よし、わかった。ところでこのあと一杯どう?　最近いい店を見つけたんだ。お酒飲めたっけ?」

と、にこにこ笑いながら言ってくるような気がする。そういう人だ。

そして笑いながらこう付け加える。

「あと、君クビだから。そのあたりよろしく」

信じられないほど、平然と言うだろう。それはそれで、別の意味で辛《つら》い。

よせばいいのにノロティは、先輩たちの顔を思い浮かべては、彼らがノロティにどんな恐ろしい言葉をぶつけてくるかを想像し続ける。その間ノロティは、道の真ん中を歩きながら、独《ひと》り言《ごと》を呟《つぶや》いている。家路につく人々の真ん中で独り言を言い続ける女の横を、通行人たちはよけて通り過ぎていく。

ノロティの妄想《もうそう》の中で、先輩の武装司書たちが、次々と恐ろしい言葉を投げかけてゆく。妄想はさらにエスカレートを続け、ついに最悪の事態にたどり着く。館長代行ハミュッツ＝メセタに直接怒られることになってしまったら、どうなるだろう。

代行は、ノロティの報告書を読むことすらしないかもしれない。代行は機嫌がいいときの肉食獣のような、あの恐ろしい笑顔を浮かべ、ノロティに歩み寄ってくる。

そして、細い指でノロティの顔面をわしづかみにしてこう言うのだ。

「どこから引き千切《ちぎ》られたい？」

ひいいい、とノロティは声にならない悲鳴を上げる。あの人なら言いかねない。いや、ほぼ間違いなく言う。その時の声色《こわいろ》すら、ノロティには想像できた。

「あ、いた。ノロティ」

これは逃げるしかないとノロティは思った。生きるために逃げることは恥《はじ》ではないと、たしか誰かが言っていた。でも逃げたらもっと恐ろしいことになるかもしれない。

「おーい、ノロティ」

妄想に浸《ひた》るノロティは、その声に気がついていない。ぶつぶつと呟きながら、一人歩いている。

「ねえ。聞こえてないかなあ。振り向いてってのよ」

と、そのときノロティの後頭部に、何かが当たった。振りかえって下を見ると、小さな小石が石畳《いしだたみ》の上を転がっていく。誰かが投げたのか、と思って後ろを見る。ノロティは声にならない悲鳴を上げた。

ノロティが見たのは、転がる小石を拾っている、一人の女。バントーラ図書館館長代行ハミュッツ＝メセタだった。

ハミュッツは拾った小石をポケットに入れ、ノロティに向かってぶらりぶらりと歩いてくる。

「気づかなかったの？　けっこう大きな声で呼んでたのよう」

そのときノロティは、蛇《へび》に丸呑《まるの》みにされ、溶かされていくネズミの気持ちを理解していた。助かりたいとか、逃げたいとか、そういう考えすら浮かばない。思考回路が機能することを拒絶した状態を、ノロティは体験した。

「……なんで停止してるのかなあ」

ハミュッツがノロティの顔を覗《のぞ》きこむ。ちらちらと目の前で手を振り、鼻をつまんだり耳を引っ張る。

「あの、失礼しました館長代行！」

震える声で何とかそれだけ口にする。

「君、大丈夫？」

ノロティは激しく首を上下に振る。ハミュッツは眉《まゆ》をひそめ、ほっぺたをぽりぽりと掻いた。

「変な子」


ノロティとハミュッツは、二人並んで歩いている。

ハミュッツは、業務報告を聞きに来ただけだと、ノロティに言った。思考能力を取り戻したノロティが、保安官事務所へ書きかけの報告書を取りに行こうとすると、

「口頭でいいわよ、歩きながらしましょ」

と言った。ハミュッツはついて来いとあごで指図《さしず》し、大通りを逆方向に歩き出す。どこへ行くつもりかは知らないが、とりあえずノロティはハミュッツを追いかける。

冷静になったノロティは、一つの疑問を覚えていた。なぜ、代行がここに来たのだろう。バントーラ図書館は遠く離れている。ぶらりと立ち寄れる場所ではない。それに、図書館は今大変なことになっているはずなのに。

「確認するわ。君の任務は、ルイモン＝マハトンの『本』の奪還《だっかん》よねえ」

とハミュッツは言った。

「はい」

「簡略にでいいから、現状を説明して」

ノロティは頷き、話し始める。

事件の発端《ほったん》は、半年前のことだった。ノロティのいるブジュイ商業都市から、汽車で六時間のところにある、トアット鉱山での事件である。

トアット竜骸咳《りゅうがいぜき》事件、と現在呼ばれているその戦いは、百年に一度もない大事件だと言っていいだろう。世界的な大災害の危機と、その水際での阻止《そし》。歴史的人物であるシロン＝ブーヤコーニッシュの『本』の発見。失われていた七つ目の追憶《ついおく》の戦機、常笑《とこ》いの魔刀シュラムッフェンの発見。そして神溺《しんでき》教団と武装司書の、正面からの激突。そして世界最強の戦士と言われるハミュッツ＝メセタを、殺す寸前まで追い詰めたということ。その詳細《しょうさい》が一般市民に公開されることはないが、武装司書やその筋の人々の間では、知らぬ者のいない事件であった。

その戦いの中で、一人の武装司書が命を落とした。彼の名はルイモン＝マハトン。百キロを超す巨体と超人的な運動能力を武器とし、穏《おだ》やかな性格と、強い責任感を持つ武装司書だった。若輩《じゃくはい》ながら、『本』の密売対策や、後進の指導に業績のあった彼の死は、武装司書仲間のみならず、多くの人に惜《お》しまれた。

ルイモンの『本』が発見されたのは、彼の死から五カ月後。彼の『本』が掘り出されたのは、彼が管理し、警備していたトアット鉱山町だった。

　このあたりのことはハミュッツに説明するまでもない。ノロティは話を端折《はしょ》り、発見されたルイモンの『本』の説明に話を移した。

「発掘されたのは、一月の二十一日でした」

「その情報を知ることのできた人は、どのくらいいたのかなあ?」

「……鉱夫の一人がルイモンさんの知己《ちき》でして、いろいろな人にそのことを話していました。もし、ルイモンさんの『本』を狙《ねら》っている人が、トアット鉱山にいたとしたら、その日のうちに知っていたと考えていいと思います」

「好かれてたからねえ、ルイモンは」

　ハミュッツは、少しさびしそうにそう言った。ノロティも、ルイモンの巨大な体と、大きな明るい笑顔を思い出した。

「ルイモンの『本』はその後?」

「詰め所の金庫に運ばれて、その日の夜はその中にありました。次の日、金庫ごと汽車でブジュイに運ばれ、そこでバントーラから派遣《はけん》された護衛《ごえい》と合流し、船で図書館に送られるはずでした」

「予定の護衛ってのが君よねえ」

　ノロティは頷く。彼女が船でブジュイに着いたとき、最初に聞いたのがルイモンの『本』が奪われたという知らせだったのだ。

「どこで奪われたのう?」

「汽車の中です」

「乗客は調べたのう?」

ノロティは頷いた。ノロティでも、そのぐらいのことはやっている。

「全員を取り調べましたが、疑がわしい人物はいませんでした」

「ふうん……他に何か気になることがあった?」

「はい。汽車の中で、何者かが暴れた痕跡《こんせき》がありました」

「暴れた? 戦ったんじゃなくて?」

「……汽車の中に、戦闘能力を持つものはいませんでした。何者かが走行中の汽車に侵入し、ルイモンさんの『本』を盗み、暴れまわったとしか考えられない状況でした。金庫室と機関室は大破。列車の壁や床にまで穴が開いていました」

「変な話ねえ」

「走行中の汽車に乗り込める身体能力の持ち主となると、かなりの使い手と言えます。周辺の『本』を狙う犯罪組織がそんな凄腕《すごうで》を雇《やと》ったという情報は、今のところ入ってきていません」

「ふうむ。盗『本』組織とは限らないけどね」

「え?」

「今はどういう状況なの?」

「情報提供者を募《つの》りながら保安官と協力して周辺の盗『本』組織を当たっています」

「だめだめ。いけないわねえ。敵さんの条件は絞《しぼ》れてるんだからさあ、盗『本』組織じゃなくてそれができる人を探しなさいよう」

「…………」

「そもそも、犯罪組織がお金のために盗んだとは限らないじゃないの。なんで捜査の方向を限定しちゃうかなあ」

「…………」

「もっと考えを広げなさい。君の捜査、盲点《もうてん》だらけよう」

しょぼん、とノロティは肩を落とした。自分は一生懸命やっているつもりだったのに、ハミュッツにしてみればただの回り道でしかなかったらしい。これでは怒られても仕方がない。

「ま、いいのよいいのよ」

と、ハミュッツはへらへら笑った。どう考えても良くはないと思うのだが、反論はできない。

「しかし、面白《おもしろ》いわねえ」

「え？」

ノロティはハミュッツの言葉の意味を測《はか》りかねる。

「何がですか？」

「この事件のことじゃないわよう」

「……………？」

ハミュッツは突然、ノロティの顔をじっと見つめてきた。ノロティはわずかに怯《ひる》む。

「あのさあ、ちょっと気晴らしでもどうかなあ」

「え？」

なにか素敵なおもちゃを見るような奇妙な笑顔で、ノロティを見る。

「気、気晴らしですか？」

「面白いところがあるのよ。とっても面白いところよ」

ハミュッツは、底冷えのする笑顔をノロティに向ける。想像していたのとは少し違う、恐ろしい事態になることを、ノロティはふと予感した。

二人は町の中を歩く。保安官事務所のある中心街からは離れ、暗く汚い、治安の悪そうな方向に向かっている。どこへ行く気ですか、とノロティは聞かなかった。聞いたからといってハミュッツが行くのをやめてくれるとは思えないし、どうせ行けばわかる。

それより、別のことが気にかかっていた。ハミュッツが指揮を執《と》っているはずの、『怪物』探索のことだ。

「あの、本部の事件はどうなっているんですか？」

「なに？」

「あの、バントーラ図書館が襲撃《しゅうげき》された事件です。代行が指揮を執っていると聞いたんですが……」

「ん？　まあぼちぼちかなあ」

　ハミュッツはまるで興味がない口調で言った。ノロティは不安になった。指揮を執っている張本人が興味がなくては困るどころではない。

「あと君、情報間違ってるわよう。今指揮執ってんのおばちゃんよ」

「おばちゃん………イレイアさんですか？」

「やっぱさあ、館長代行はおばちゃんのほうが適任よねえ。わたしはどうも困った性格でねえ」

　ノロティはあたりを見渡し、自分たちの話が聞かれていないことを確認してから、小声で言った。

「いいんですか？　あの、例の教団が関《かか》わっているという話ですが」

「お喋《しゃべ》りやめ」

　ハミュッツがぴしゃりと言う。

「あんまり関係ないことに興味もつのも、良し悪しよう。知ることはそれだけで責任をともなうのよ。責任取れない人に知られると、それだけで迷惑することだってあるんだからね」

「………はい」

　ノロティは素直に、それ以上の質問を止《や》めた。ルイモンの事件だけで溺《おぼ》れかけているのに、たしかにこれ以上責任を負いたくはない。

「あ、やってるやってる」

と、ハミュッツは足を止めた。

町の路地裏を行ったところにある空《あ》き地に、人だかりができていた。柄の悪い男たちがたくさんと、派手《はで》な服の女が少し。人だかりの中からは、死ね、やれ、クソ、といった実に端的《たんてき》な罵倒語《ばとう》が飛び交《か》っている。見るからに平和的ではないその集団に、ハミュッツとノロティは足を踏み入れる。男たちの目が突然現れた二人の女に注がれ、口笛やわいせつな言葉が投げかけられる。

人だかりの中心は輪になっていた。その人でできた輪の中に、二人の男がいる。片方は肩まで袖をまくり、もう片方は上半身裸《はだか》だ。日の暮れかけた肌寒い空気の中に、二人の体から汗の湯気が上がっていた。二人は拳を握り、体ごとぶち当てるように殴り合っていた。

いわゆるファイトクラブというやつだ。

「か、帰りましょうよ」

「あら、こういうの嫌い？」

「………だって怖いじゃないですか」

「何言ってるかなあ。本気出せばここにいる全員叩《たた》きのめせるくせにさ」

たしかにそうだ。見習いとはいえ、ノロティも武装司書を志《こころざ》すものである。魔法を使えない素手《すで》の男が、何人いようと敵ではない。ハミュッツに至《いた》ってはここにいる全員を倒すのに十秒とかかることはまずないだろう。

「それでも怖いんです」

「変な子ねえ」

そう言いながら二人は輪の中の男を見つめる。

最初、殴り合っているのだとノロティは思ったが、そうではないことに気がついた。攻撃をしているのは片方だけ。もう片方の男は、明らかに反撃が可能な場面でも、攻撃をしていない。よく見ると明らかに防御《ぼうぎょ》が可能な場面で、防御をしないことすらあった。

「白いほうが強いわね」

一目見てハミュッツがそう言う。ノロティにもそれはわかる。

白いほうというのは、攻撃をしていないほうだ。身長は百八十五センチメートルぐらいだろう。やや細いが、よく鍛えられた体をしている。服は質素な黒い上下。後ろで束ねた髪の毛は、白髪なのか銀髪なのか、まるで新雪のような色に見える。

動きもいい。無駄のない、よく練られた格闘技術を持っている。

対して、攻撃しているほうは見劣りする。少し腹の出た、緩《ゆる》んだ体。力いっぱい振りまわすだけの拳と、完全に止まった足。せいぜい町のケンカ自慢ぐらいだろう。

白いほうは、相手の攻撃をわざとぎりぎりでかわしている。時にはわざと殴られ、時には効《き》いた振りをしている。その気になれば、裸のほうの攻撃を、簡単に防げるだろうに。

これはいったい何をしているのか。ノロティは疑問に思う。あたりを見渡すと、広場の奥まったところにある立て看板を見つけた。廃材を組み合わせ、ペンキで無造作《むぞうさ》に書かれたその立て看板には、こう書いていあった。

『殴られ屋　参加料一分百キルエ　殴り倒せたら一万キルエ』

その時、周囲で歓声が沸き起こった。

「一分だぞ！」

裸の男は、脱ぎ捨ててあったシャツを拾うと、肩に担《かつ》いだ。安そうな女が男に寄り添い、

「ばかあ、新しいネックレス買ってくれるって言ったじゃないのお」

と甘ったるい声で言う。

「もう一回だ」

裸の男が十キルエ札を十枚、看板の横にあった箱の中に放りこむ。

「のろま」

「ひっこめ」

といった罵倒《ばとう》する野次《やじ》と、

「いけるぞ、休ませるな、攻めきれ」

「腹狙え腹、腹だよ腹！」

といった応援する野次が半々に上がる。

ダメージが蓄積するのを待って、あわよくば自分が倒してやる。集まっている人間の半分はそう思っているようだ。

殴られ屋は、次の一分間も耐えきった。見かけはなんとかしのぎきったように見えるが、実際は全く危なげなく防ぎきったことが、ノロティにはわかっている。裸の男は一分が終わる

と、がっくりと膝をついた。横の女が、男を揺さぶって励ますが、男はうるせえと女の手を跳《は》ね除《の》けた。

「次、だれか」

と、そこで殴られ屋の男がはじめて口を開いた。よく通る、低いバリトンだった。

「はーい」

と、声を上げたのはハミュッツである。周囲から歓声と口笛、冷やかしと笑い声が重なって上がる。ノロティは慌《あわ》ててハミュッツを押しとどめようとする。そのノロティの肩の辺りをハミュッツはつかみ、輪の中央に放り出した。

「次そいつ」

さらなる歓声と、口笛。ハミュッツはいそいそと財布を取り出し、百キルエ札を箱の中に放りこんでいた。

「え、あの、その」

すでに周囲は完全に盛り上がっている。否《いや》も応《おう》もなかった。それでもノロティは殴られ屋の男に話しかけ、なんとか状況を回避しようとする。

「あの、あたしこう見えましても武装司書見習いでして、こういうことに参加するのはだめなんですけれども」

「はじめ」

殴られ屋の男が、ぼそりと言った。

「はじめって、はじめないでくださいよ」

そんなことを言いながら、おろおろと立ち尽くしているうちに、瞬く間《またたま》に時間が過ぎる。

「三十秒」

周囲からはブーイングが飛んでくる。見るとハミュッツまでが親指を下に向けている。

ノロティは慌てて、拳を握る。ともかく、適当に殴ってやり過ごそうと思った。

「ええい」

小さなかけ声とともに、胸の辺りを軽く殴る。

その瞬間、ノロティは後ろにたたらを踏んでいた。

ノロティは驚いた。軽く殴っただけだが、それでも素人相手なら十分すぎる威力《いりょく》のはずだった。それが倒すどころか、殴った反動で下がってしまうとは。巨大な岩を殴ったような感触は、相当に力のある武装司書を相手にした時以外、味わったことがない。

「次、打たないのか」

拳を突き出したまま、呆然《ぼうぜん》としていたノロティに、殴られ屋が言う。ノロティはこの男を、侮《あなど》っていたことを理解した。

「あの、次、本気でいきますけど」

ノロティは宣言する。少なくとも格闘を主戦とする見習いとしてのプライドが、彼女を熱くさせていた。

「あと五秒」

「いきます！」

ノロティは腰のためを利《き》かせながら、全力で腹を撃った。衝撃が手首に響くが、ノロティは全身の体重をかけて拳を振りぬく。二本の擦《す》り跡《あと》を石畳につけながら、殴られ屋の体が二メートルは後方に下がる。しかしその両足は、しっかりと地面を嚙《か》んで、崩《くず》れる気配がない。

「うそ……」

ノロティは呟く。

「……続けるか？」

と、殴られ屋が言った。そこでノロティは一分が過ぎていることに気がついた。周囲はざわついている。今のパンチ、すごくなかったか？　まさか、演技だろ。殴られ屋が自分で下がったんだよ。そんな声が周囲から聞こえてくる。

「帰るわよう」

と、ハミュッツが言う。少し呆然としていたノロティは、その声で気を取り直す。

「続けないのか？」

男が言う。

「もう、行かなきゃいけないので」

「……そうか」

少しばかり拍子抜《ひょうしぬ》けした表情を殴られ屋は見せる。その眼《め》が、ノロティではなくハミュッツ＝メセタを見ていることに、ノロティは気がついた。

「……代行になにか？」

殴られ屋は答えない。ただ黙って、ハミュッツのほうを見続けていた。

そのときノロティは、あることに気がついた。

殴られ屋の束ねられた長い髪。白だと思われたその髪が、夕暮れの光を反射していない。後ろから射《さ》してくる光は、そのまま前に素通りしている。髪の毛は銀でも白でもない。やわらかいガラスのように透明だった。

「何してるの。行くわよう」

「は、はい」

ハミュッツを見つめ続ける殴られ屋に背を向け、ノロティはハミュッツのほうへ歩き出す。

「すごいわねえ、あいつ。あんた本気で殴ったでしょう」

と前を歩くハミュッツが話しかけてくる。ノロティはハミュッツの真意を測りかねていた。

今の男はなんだったんだろう。ノロティの本気の攻撃を食らって立っているタフネス。そして、あの透明な髪の毛。髪の色が通常と違うものは、強大な力をもつ魔法使いのはずだ。

そして、ハミュッツは何をさせたかったんだろう。

まさか、今のが自分のクビを賭《か》けた試験だったのでは。殴られ屋も倒せない武装司書なんてクビよう。君の代わりはあの殴られ屋よう。ハミュッツがそんなことを言い出すのではないかと、ノロティは背筋《せすじ》が寒くなった。

しかしハミュッツはそんなことを言い出すわけでもなく、ただ歩いている。相変わらず何を考えているのかわからないと、ノロティは思う。

「ねえノロティ。教えることが一つあって、そのあと命令が一つあるわ」

そう言うと、ハミュッツは立ち止まって振り向いた。

「なんですか?」

「まずは教えてあげること。あの男の名前は、ザトウ＝ロンドホーン。ルイモンの『本』を奪ったのは、あの男よ」

ノロティはぽかんと口を開けた。

「どうして、そんなことを?」

「教えてあげない」

ハミュッツはにやりと笑う。

「次に命令のほう。よく聞きなさいねえ。これはほかの武装司書にも漏《も》らしちゃいけない、いわゆる極秘《ごくひ》指令っていうやつよう」

「は、はい」

「彼はね、かつて一人の人を殺し、その人の『本』を読んだの。その『本』を読んでから、彼は死ぬことを望むようになったのよ」

「……どういうことですか?」

「ここからが、命令よ。よく聞いて」

と、ハミュッツはノロティの唇《くちびる》に指を当てる。

「ザトウくんを助けなさい。彼が心底《しんそこ》困ったときに、彼を助けてあげなさい」

「どういうことですか」

「命令はそれだけ。じゃあね」

ハミュッツは唇から指を離し、くるりと後ろを向いた。ノロティは呆然と、去っていくハミュッツを見ていた。はっとわれに返ったノロティは、慌てて追いかける。

「ちょ、ちょ、ちょっと待ってください」

しかし、そのときにはすでにハミュッツは路地を曲がってどこかに消えていた。ノロティは、あたりを見渡すが、すぐにあきらめる。一度いなくなった代行を探すのは至難《しなん》の業《わざ》なのだ。狙撃《そげき》を主戦とするハミュッツは、姿を隠すことにも長《た》けている。

「まいったな……なんなんだろう」

そう呟きながら、路地を出ようと、きびすを返す。

その時、路地の出口に、一人の男が立っているのを、ノロティは見つけた。忘れようにも忘れられない姿。ザトウ＝ロンドホーンがそこに立っていた。

「ハミュッツ＝メセタはどこだ」

ザトウが、低い声でノロティにたずねる。

「さっきここに入っていくのを見たが、どこに行った」

ゆっくりと歩いてくるザトウ。その目をノロティはじっと見つめた。青い目は、恐ろしく鋭く、そしてどこか悲しそうだった。
かつて、一人の人間を殺し、その人の『本』を読んだ。それゆえに、死を望む。
その目を見ながら、ノロティはハミュッツの言葉を思い出していた。

第二章　一つめの過去──船底

『怪物』がバントーラ図書館を襲《おそ》った日を遡《さかのぼ》ること、一年の昔。

バントーラから遠く離れたとある小島で、一つの小さな事件が起きていた。


島の空は晴れ渡り、海は時がとまったように穏《おだ》やかだった。砂浜を歩くカニは、そこに立つ男を警戒《けいかい》するそぶりもなく、空を行く海鳥は、気ままに我が物顔に空を漂っている。

人気《ひとけ》のない砂浜に、三人の男がいる。

いや、正確には二人というべきかもしれない。そのうちの一人は砂の上に倒れ伏し、もう永遠に動くことはないのだから。

死んでいる男は、若い。少年期をわずかに過ぎた歳《とし》だった。古びてすりきれた軍服を着ている。彼の体の前面は、原形をとどめないほど焼け焦《こ》げていた。強烈な炎に顔と体を焼かれ、苦痛を感じる暇《ひま》もなく死んだものと思われた。

その死体の横に、二人の男が立っている。

「ザトウ様、あっけないものでございましたな」

と、一人の男が言った。地味な風貌《ふうぼう》の壮年の男だ。

「そうだな。聞いていたのとずいぶん違うが、なんだったんだろうな」

もう一人……ザトウが答える。長い透明の髪の毛が、潮風《しおかぜ》になびいている。

「まあ、どうでもいい。早いところやってくれ、ラスコールさん」

ザトウが言う。壮年の男――ラスコール＝オセロは優雅《ゆうが》に一礼する。

「かしこまりました。少々お待ちください」

ラスコールは砂の上に膝《ひざ》をつき、懐《ふところ》から奇妙な短剣を取り出した。人間の手を模《も》した柄《つか》と、石造《いしづく》りの刃《やいば》。およそ実用に向かない異様な短剣を黒衣の男は逆手《さかて》に握る。

「なんだい、それ」

「これは過ぎ去りし石剣ヨル。存在しないはずの、八つ目の追憶《ついおく》の戦機でございます」

そう言って、ラスコール＝オセロは剣を砂浜につき立てた。砂が見る間に形を作り、短剣の刃の先に一冊の『本』ができる。

「へえ……すごいもんだな」

と、ザトウが驚く。

「これ、あいつの『本』なのか」

ザトウは指で、傍《かたわ》らに放置されている、少年の死体を指差した。

「そのとおりでございます。さあ、どうぞ」

ラスコールが促《うなが》す。ザトウは砂の上の『本』に手を伸ばす。ザトウの手が素手《すで》であるのを見て、ラスコールがいぶかしげに眉《まゆ》をひそめた。

「おや、お読みになるのですか？」

「ああ」

「お珍《めずら》しいことでございます。どうしたことでございますか？」

ザトウが笑う。

「興味があるんだよ。怪物ってやつにね」

ザトウの指先が『本』に触れ、少年の記憶が彼の中に流れ込んでくる。


彼がいるのは、石造りの部屋の中だった。部屋の広さは、十メートル四方ほど。天井に、小さな鯨油《げいゆ》のランプがあり、それだけが部屋の中を照らしている。とても薄暗い。部屋の扉は一つだけ。冷たく硬《かた》い鉄の扉が、部屋の外と中を隔《へだ》てている。

彼は、石の床に直《じか》に座り、胎内《たいない》の赤子のように膝を抱えていた。椅子《いす》はなく、敷布《しきふ》もない。彼の体をあたためるのは、ぼろのような服一枚。木綿《もめん》の粗末な服は垢《あか》と汗《あせ》にじっとりと湿り、彼の体に汚らしくまとわりついていた。

歳のころは、十五歳かそこらだろう。黒い目と黒い髪。やや背の低い、やせこけた体には、垢がこびりついている。伸び放題の爪《つめ》の先で皮膚《ひふ》を掻《か》けば、ぼろりぼろりと垢と汚れが剝《は》がれ落ちる。顔を背《そむ》けたくなるようなにおいを放っているが、彼はそれをなんとも思ってはいない。彼にとっては、これが当たり前のことだからだ。

部屋の中には、彼を含めて、十五人の男たち。年齢はまちまちで、彼と同じく、十代半《なか》ばと思われる者もいれば、六十を超えているように見える者もいる。みな、彼と同じく、ぼろをまとい、石の床にうずくまっている。

彼は肉だった。

神溺《しんでき》教団に飼われる、人の服を着た家畜。人体実験や人間爆弾に利用されるのを待つだけの、記憶も意思もない肉の塊《かたまり》だ。

彼の名前。そんなものはどうでもいい。

記憶も、意思も、生きる意味もない者に名前があったところで、それが何だというのだろう。

彼は、手探りで薄暗い床を探る。手に触れたものを、彼は拾い上げて口に運ぶ。パンのかけらだった。一囓《ひとかじ》みして彼はそれを吐き出した。かびていたのだ。

彼は、また床の上でパンのかけらを探す。しかし、手に触れるものは、誰かが食って吐き出したパンの食いカスばかり。たまに手に触れるパンのかけらも、腹の足しにならないほど小さいものか、かびているものばかりだった。

周囲の男たちも、多くが彼と同じように床のパンくずを探している。暗い部屋の中に響くのは、汚らしい咀嚼《そしゃく》音と、さらに汚らしい吐き出す音。時折、部屋の隅《すみ》で大小便を排泄《はいせつ》する音が聞こえてくる。

突然ドアが開いた。ドアの向こうには、バケツを持った男が立っている。年は四十ぐらいの、火のついていないタバコを咥《くわ》えた男。肉たちを管理する飼育係だった。

「肉ども。水撒《ま》きだ」

飼育係の男が言うと、肉たちは立ち上がり、壁に身を寄せる。飼育係の男は床にバケツの水を撒き、腐ったパンのカスを洗い流していく。

そのあと、籠《かご》の中からパンくずを床にばら撒く。肉たちは、それに飛びつく。飢《う》えた野良犬のような声を上げながら、新鮮なパンくずを拾い、我先《われさき》にと口の中に運ぶ。

彼の手に、大きなパンくずが触れた。近くにいた男がそれを奪おうと手を伸ばしてきた。彼はその肉の手を振り払う。あちこちで、それと同じようなパンくずの奪い合いが起こっていた。

その様《さま》を、飼育係の男は忌々《いまいま》しげに眺《なが》めている。

「胸糞《むなくそ》わりい。いつまでこんな仕事してなきゃいけねえんだ」

と、飼育係は呟《つぶや》く。

その時、飼育係の足元に、一つのパンくずが転がった。彼はそれに手を伸ばす。だが、別の肉に彼は押しのけられ、床を転がり、飼育係の足にぶつかった。

「触るなてめえ！」

飼育係はその肉を蹴《け》り飛ばす。彼は悲鳴も上げず、床の上を転がった。蹴られた彼に目を向けてくる者はいない。

「畜生、忌々しい。おい、てめえこっちに来い」

そう言って飼育係は、彼の襟首《えりくび》を摑《つか》んで立たせた。彼はされるがままに立ち上がる。

「懲罰房《ちょうばつぼう》で反省しろ」

彼は襟首を摑まれたまま、部屋から引きずり出されていった。


懲罰房、と呼ばれるそこは、さっきいた部屋と何か変わるわけではない。ただ、さっきの部屋より寒く、パンくずが放り込まれないだけだ。彼はここに、一両日入れられることになった。その間、寒さと飢えに耐えなければならない。

部屋の中に、彼ともう一人、同じぐらいの歳の少年がいる。彼は少年とは対角線上の片隅に、腰を下ろした。

彼は、自分が些細《ささい》な理由で、いや、理由すらなく懲罰房に押し込まれたことに、腹など立てない。彼はそういう風《ふう》にはできていない。彼は、自分が無意味であることを理解していた。自身には一切の価値がない。一切の価値がないゆえに、たとえ懲罰房に押し込まれようと、たとえ殺されようと、それは受け入れるべきことなのだ。

拒《こば》むことは許されない。拒みたいと思うことも許されない。一切の価値がないものに、許されていることは何もないのだ。

彼は、寒さをこらえるために、体を縮《ちぢ》めて足の先を擦《こす》り合わせる。その時、対角線の向こうから声がした。

「そっちいると寒いから、こっち来いよ」

彼は、自分が話しかけられたことを理解できなかった。部屋の隅に座るもう一人の少年が、話しかけてきたことも理解できなかった。肉が話しかけられることなどないし、肉が話しかけることもない。

ありえない事態に、彼の空《うつ》ろな思考はしばし停止していた。

「……来たくないなら、別にいいけど」

彼が何も答えないでいると、対角線上の少年が不機嫌そうに言った。肉は、不機嫌になることもない。もう一人の少年は、その意味でも異質だった。

彼は少年をじっと見つめた。恐怖を覚えていた。

自分と同じもののはずなのに、自分と違うもの。羊《ひつじ》が、群れに紛《まぎ》れ込んだヤギを見るような恐怖だった。しばらく、彼は黙っていた。同じように少年も黙った。

一時間もたったころ、少年がまた口を開いた。

「お前、なんていうんだ？」

と、少年は聞いてくる。彼は思わず問い返した。

「お前は、なんだ」

声を出すのは、久方ぶりだった。声を出すという機能すら、彼は忘れかけていた。

「なんだと言われてもなあ。お前とおなじ、肉だよ」

と、少年は鼻の頭を掻きながら答える。

「俺は、レーリア＝ブックワットっていう。お前は？」

彼は、問い返された言葉の意味が理解できない。

「答えろよ。お前にも名前ぐらいあるだろう？」

彼は思い出した。そうだ、自分には名前というものがあるのだ。長い間、考えることもしなかった。

彼は、名乗った。

「……俺は、エンリケ。エンリケ＝ビスハイル」

名を名乗ることは、ひどく奇妙な気分だった。自分が人間であることを認めるような、ほかの何者でもない、一人の人間であることを認めるような気分だった。

かくして彼に、初めて意味が生まれる。ほかの誰でもない一つの個。エンリケ＝ビスハイルの物語は、このときゆっくりと回り始める。

エンリケは、目の前に座るレーリアの姿を見つめている。初めて自分に名前を聞いてきた、奇妙な肉。戸惑《とまど》いと恐怖を覚えながら、彼をじっと見つめている。

「お前、何をしたんだ」

レーリアがたずねてきた。

「何もしていない」

エンリケは答える。

「何もしてないのに、ここに来たのか。酷《ひど》い話だな」

レーリアが、眉をひそめる。

「お前は何をしたんだ」

「俺か？」

「ああ」

エンリケは頷《うなず》く。会話というものができることに、エンリケは少し驚いていた。そんな機能が自分に備わっていたことを、エンリケははじめて知った。

「同じ部屋の仲間が、熱を出したんだ。今出ていった飼育係に、薬をくれと言った。それだけだ」

「……薬を」

エンリケは、少し顔を歪《ゆが》ませる。

「そんなことは許されていない」

「そうらしいことはよくわかった」

そう言ってレーリアは、頬《ほお》を歪ませた。その顔が腫《は》れ上がっていることにエンリケは気がついた。

「お前は、飼育係に、派手《はで》に殴られたようだ。

「お前は、悪い奴《やつ》だ。そんなことをしてはいけない」

エンリケは言う。

「悪いことはしてない。言っただけだよ」

レーリアは肩をすくめながら答える。しかし、エンリケは言葉を止めない。

「言うのも、悪いことだ。思うのも、悪いことだ。肉はそんなことを思ってはいけない」

「……………なんだ、それは」

レーリアの表情が、少し曇《くも》る。エンリケは、さらに続ける。

「俺は、昔教わった。俺たちは肉だ。人間とは、同じ形の違うものだ。いかなる価値もない、ただ生きて死ぬだけの存在だ」

「何が言いたい」

「何の価値もないものは、何の権利もないものだ。何かを言う権利も、何かを考える権利も俺たちにはない。

　薬が欲しいなんて、そんなことを考えてはいけない」

「それは、建前《たてまえ》だろ？」

レーリアが、納得できないというように、首を横に振る。

「考えるなって言われても、考えるものは考えるだろう。しょうがないことだろ」

「しょうがなくはない！」

レーリアの反論を封じるように、エンリケは叫んだ。なぜ叫んだのか、自分にもわかっていない。

「なんで怒るんだよ」

レーリアが怒りを込めて、エンリケを睨《にら》みつける。

「………そんなことをしてはいけない」

「………なんで怒るか聞いてるんだよ」

エンリケは睨みかえす。それからしばらく、二人は睨み合っていた。

「おい、エンリケ。なんで怒るんだよ」

「許せない。肉のくせに、そんなことを考える奴が、許せない。俺たちは無価値だ」

レーリアがエンリケに敵意の視線を向ける。すでに二人の間に漂う空気は、敵同士のそれだった。

「俺たちは何も考えないし、何も思わない。俺たちは、無価値だ」

「違う」

レーリアが、決然と言い返す。

「俺は………俺は、無価値じゃない」

「なんだと？」

エンリケは、瞬間、意味さえわからなかった。かろうじて、それだけ言った。レーリアはエンリケを睨みつけながら、繰り返す。

「俺は無価値じゃない。たとえ肉でも、俺は無価値じゃない」

「………お前は、おかしい」

エンリケの恐怖は、いつしか怒りに変わっていた。エンリケは心底《しんそこ》からこの少年を許せないと思った。

「俺たちには何もない。ここで、パンくずを食い、糞《くそ》をたらして、いつか死ぬ。俺たちは、実験に使われるか、爆弾になって死ぬんだ。それだけだ。その俺たちに何の価値がある？　それともまさか、そうならないとでも思っているのか？」

つばをとばしながらエンリケが叫ぶ。

「思っちゃいねえ。そうなるよ、間違いなく」

「わかっているなら、認めろ！　俺たちに価値なんてない！」

エンリケは自分自身何に怒っているのかわからないまま、叫び続ける。

「違う。肉でも、実験台でも、爆弾でも、それでも同じだ。

俺は、無価値なんかじゃない」

「………なら、なんで、この野郎！」

エンリケは立ち上がり、走った。なえた足が、急な運動によろける。

座っているレーリアを押し倒し、その喉《のど》を摑む。弱々しい親指で、喉を押しつぶす。

「何を、お前」

レーリアが抵抗する。エンリケの顔を引っ掻き、目に爪を立てる。エンリケは痛みに声を上げ、レーリアの手を振り解く。

「こ、の」

レーリアが蹴りつけ、エンリケは床に転げる。

「何を、するんだお前」

エンリケが、荒い息を吐きながら、レーリアを睨みつける。その顔に浮かんでいるのは、怒りではない。

「許さない。お前だけ、どうしてそんなことが言えるんだ。どうして、お前だけ、価値があるんだ」

その顔に浮かんでいるのは、嫉妬《しっと》だった。自分には価値があると言い切れるレーリアを、エンリケは妬《ねた》み、憎んでいた。

「お前だけ、どうして……」

エンリケの声が詰まる。

「エンリケ……俺は」

レーリアが言いかけたその矢先、声がした。重い鉄のドアが開き、男がけだるそうに入ってくる。

「ん？　何かしてたかお前ら」

飼育係だ。エンリケとレーリアは、肩で息をつきながら、その顔を見る。

「何をしている、そっちの肉。立て、懲罰は終わりだ」

飼育係は無造作《むぞうさ》にそう言って、レーリアの手を引いた。エンリケは思わず立ち上がりかけた。まだ話は終わっていないと、叫びそうになった。

「エンリケ、俺は」

レーリアが何かを言いかける。

「何しゃべってやがる！」

と、飼育係が拳《こぶし》の裏で、レーリアを殴りつけた。レーリアはうずくまり、飼育係はもう一度強引にレーリアの体を起こす。

「……ああ、そうそう。お前、薬が欲しいとかほざいてたな」

飼育係がふいに、レーリアを引きずりながら、そんなことを言った。その顔がレーリアをあざ笑っている。

「馬鹿《ばか》らしい。あのガキ助かったぜ」

「………え？」

殴られ、傷ついたレーリアの表情が、瞬間、輝いた。

「助かった？」

「初めから、薬なんかなくても治る病気だったんだよ。まったく馬鹿な肉だぜ」

と、飼育係がせせら笑う。

「そうか」

レーリアが口の中で小さく呟く。そのとき、エンリケは見た。腫れ上がったレーリアの顔が、表情を変えるのを。

「あいつ……助かったのか」

レーリアが、そう呟く。エンリケは、その時、レーリアの表情が変わるのを見た。殴られて、腫れ上がった頬が、少し持ち上がる。口がカーブを描き、目がわずかに細められる。

その表情を、エンリケは知っていた。長い間見ることも、思い出すこともなかったその表情を。

あれは、笑顔というものだ。

扉が閉まり、エンリケは一人取り残される。

去り際に見たレーリアの表情は、エンリケの心に、刻印《こくいん》のように刻《きざ》まれた。この先、どれだけ時がたっても、今、目の前にあるかのように思い出せるだろうことが、エンリケにはわかった。

どうして、あいつは笑ったんだ。エンリケは思った。

どうして、笑えるんだ、とも思った。

今までの人生を、これからの人生を、辛《つら》いと思っていなかったわけがない。エンリケは何もかも、あきらめていたから耐えられたのだ。

だが、レーリアは笑った。エンリケと同じもののはずの、レーリアが笑った。

笑顔というものがあることを、エンリケは思い出してしまった。この世には笑顔というものがあり、もしかしたらそれを、自分もできるかもしれないことを、エンリケは思い出してしまった。

それが、何よりも苦しい。希望は、ときに絶望よりも人の心を苦しめる。

エンリケは一人すすり泣く。

「どうして、笑えるんだ」

彼は泣き続け、やがて眠った。飢えていることも忘れて眠り続けた。

懲罰房から出る日が来た。エンリケは、飼育係に連れられてまた部屋に戻る。

エンリケは、いくつかのパンくずを腹に収めると、部屋の隅に移動して、腰を下ろした。そして壁に顔を向け、ほかの肉からは見えないようにした。

一つ、試してみたいことがあった。試さなければならないことがあった。

エンリケの唇《くちびる》に力がこもる。一度強く引き結ばれた唇が、細かく震えながら形を変える。両端が微笑《ほほえ》むかのように、上に持ち上がった。目が、引きつったように細められる。眉は苦痛に耐えるかのようにしかめられ、頬の肉が唇に押されて持ち上がる。

その表情は、笑顔のように見えなくもない。だが、顔のどの部分も、ひどくちぐはぐで、まとまりがない。笑顔に似ているだけの、おかしな顔。それはなんとも無様《ぶざま》な笑顔のまねごとだった。

「……くそ」

そう呟いて、彼は顔の緊張を解いた。鏡はないが、彼にもわかっている。こんなのは、笑顔とはいわない。ただ、顔を歪めただけ。

もう一度やってみようと、エンリケは思った。もう一度、さっきと同じ形に顔が歪む。今度は彼は、声を出してみようと思った。笑い声を出してみれば、顔も自然に笑顔になるかもしれない。

「……くうっくうっ」

しかし、口から漏《も》れたのは鳥の悲鳴のような声だけ。笑い声とは程遠く、当然ながら顔も笑顔とは似ても似つかぬ、おかしな顔のままだった。

「……くそ」

もう一度エンリケは自分を罵倒《ばとう》する。これではだめだ。

「な、ナニ、してるんだあ」

と、そこに肉の一人が声をかけた。エンリケに呼びかけた彼の顔に、知性の色はなかった。言葉はかろうじて話せるが、精神は壊れ果てていた。

「……笑おうとしてるんだ」

エンリケは顔を壁に向けたまま答えた。

「わ、笑う、へへ、ええええ。なんだあ、それ」

「わからない」

質問をした肉は、もうエンリケに目を向けてはいない。すでにその肉に、言葉を解する力はなかった。

「ふふふうぅい。へへへ、へあ。はははっはあ」

笑い声のような、泣き声のような声を漏らしながら、肉はふらふらと部屋の中を歩いている。

そう思いながら、彼は頭を抱えてまたすすり泣いた。

「……どうして、あいつは笑えるんだ」

エンリケは呟いた。

「どうして」

しばらくの時が過ぎた。その間、笑おうとすることがエンリケの日課だった。毎日起きては顔を歪め、挫折《ざせつ》してはまた挑《いど》む。その中でエンリケの顔は、目的とは裏腹《うらはら》に、鋭く陰鬱《いんうつ》な表情になっていた。

ある日、エンリケの部屋のドアが開き、何人かの飼育係が入ってきた。いつもとは、少し違った。その日はパンくずの籠を持っておらず、肉たちを見渡して何かを物色《ぶっしょく》しているようだった。

「いい肉を選べよ。今日はシガル様とガンバンゼル様がお越しになってるんだからな」

飼育係の一人が言う。

「ああ、わかってるよ。どいつがいいかな」

彼らはざっと部屋の中を見渡すと、

「こいつにしようか」

と、エンリケの手を摑んだ。

「こいつは、おかしな肉なんだ。時々変な顔をしてるんだぜ。こうやってな」

そう言って飼育係の一人が、後ろの男たちにエンリケの顔まねをして見せた。飼育係たちはどっと笑った。不快だったが、エンリケには何もできない。

飼育係は、エンリケを部屋から連れ出し、甲板《かんぱん》の上にある大きな部屋に連れて行った。船底から外に出るのは、始めてだった。太陽の光と、海の青さがエンリケの目にはまぶしかった。

連れて来られた部屋は、肉たちのための部屋ではなく、彼らを飼育する人間たちのための部屋だろう。下にまとめられた肉たちの部屋とは違い、清潔で快適そうな造りになっていた。

広さは肉の部屋の五倍ほど。中央に肉の部屋と同じぐらいの広さの、巨大な檻《おり》があった。

エンリケは言われるままに檻の中に入った。檻の中には、エンリケのほかに一人の男がいた。やけにぶかぶかな服を着たその人は、頭部全体を覆《おお》う兜《かぶと》をかぶっている。体の大きさから、男だろうと見当がついた。かぶっている白い兜の顔の部分には、どういうことか微笑みの表情が刻まれていた。

檻の外には、数人の男がいる。エンリケを連れて来た飼育係たち。そのほかに何人かの白衣の男がいる。そして部屋の一番奥にあるソファに、長髪の男と、一人の老人が座っていた。

見るからにその二人が、この部屋の中で最も偉い。

「ふうん。君も面白《おもしろ》いことを考えるが、どうにも僕には興味が持てないねえ。ハミュッツ＝メセタを倒すには別の方法があると僕は思っているよ」

ソファに座っている、長髪の男が言った。

「ふん、シガルめ。お前さんのハッタリは聞きあきたわい。ハミュッツ＝メセタを倒す方法があると言いながら、なにもしていないではないか」

老人が言い返す。

「ははは、僕の時はまだ満ちていないからね。それに、僕にとってはハミュッツなど、数ある障害の一つに過ぎないんだ」

「ふふん、金金金金と小やかましい男だ。わしにはさっぱり理解できん」

「僕も理解できないね。我らが神に次ぐ存在である真人《しんじん》が、真人を上回るものを造《つく》ろうとするなんて」

「わかれと言うた覚えはないぞ」

「ま、それでいいさ。真人は皆それぞれが一つの孤高。こうやって仲良くしている僕らのほうが例外の存在だからね」

「かか、言うとれ言うとれ」

エンリケには、何を言っているか理解できない。

「被験体は、男性。年齢十六歳前後。病歴なし、魔法素養なし、と」

「前回の失敗を踏まえて、今回は致死量の110パーセントを注入します」

「それでは前と同じく打ってすぐ死ぬんじゃないか？」

白衣の男たちは、そんなことを話している。

「ところでガンバンゼル。これは何の実験かな？」

「おぬし、人の話の何を聞いておった。人の脳に働きかけて、強制的に魔法権利を獲得させる薬物の実験と言っただろう」

「それは知ってるんだが、この前失敗したばかりじゃないか」

「重要なのは試行錯誤《しこうさくご》よ。一度や二度で成功するわけがない」

「無駄だと思うけどねえ」

老人はガンバンゼル、長髪の男はシガルというらしい。

何を話しているのかは、エンリケには理解できないが、これが実験であることと、被験体というのが自分であることは、とりあえずわかった。

周囲ではいろいろなことを話している。聞こえてはいるが、その全てがなぜか遠くに聞こえた。

どうやら、死ぬらしいなとエンリケは思った。

これは人体実験だろう。こういうもののために肉があるのだ。人間爆弾。人体実験。そういうもののために肉たちは生かされているのだ。

怖いとは、思わない。そういうものなのだ。

ただ、一つだけ。

許されるのなら、一度だけでいい。笑ってみたい。エンリケは、そう思った。

顔を歪めてみる。いつもどおり、頬の肉を持ち上げ、目じりを下げようとする。だが、いつもどおり、笑うことなどできない。

最後の最後まで、笑うことはできないのか。

そう思うと、無性《むしょう》に、悲しくなった。エンリケの目から、涙がこぼれる。

「……なんだこいつ」

と、白い仮面の男が呟く。

「どうした、ボラモットよ」

「わかりません。変な顔になったと思ったら、急に泣き出しました」

「ふうむ」

ソファに座る老人が、興味深そうにエンリケを見る。

もう一度笑ってみよう。エンリケは袖《そで》で涙をぬぐい、また笑おうとする。しかし、できない。

どうしても、できない。

なぜ、できないのか。今までがんばったのに。必死に追い求めてきたのに。

「……」

思えば、簡単なことだ。笑えるようなことなど、何一つないのだから笑えるはずもない。だがそれでも、無駄だとわかっていても、笑いたかった。

「なんか、変な肉だな」

檻の外で、誰かがそう呟いた。

白衣の男たちが手を止めてエンリケを見ていた。戸惑いと、ためらいが彼らのなかに広がりはじめていた。

「ふむ」

ガンバンゼルというらしい老人が、もう一度声を漏らす。

「おいボラモットよ。その小僧《こぞう》、こっちに連れてこい」

「連れて行くのですか？　投薬実験はいかがなさるおつもりで」

仮面の男は驚いた声で問い返す。

「そんなものあとでもできるわ。連れてこいと言ったら連れてこい」

「失礼いたしました」

仮面の男……ボラモットというらしい……が泣いているエンリケの手をとった。そして檻の扉を開けるように指示する。

扉が開いたそのとき、突然飼育係がエンリケに駆け寄ってきた。

「何をしていやがる！」

と、エンリケの顔を殴りつけた。倒れたエンリケを飼育係が怒鳴りつける。

「肉が、泣いてどうする！　俺の、俺の天国行きはどうなる！　これじゃあ、天国にいけねえじゃねえか！」

飼育係がエンリケの体を揺さぶる。その様を、ガンバンゼルがつまらなそうに眺めている。

「おい、ボラモット。興《きょう》ざめじゃ」

ガンバンゼルが人差し指で、飼育係を示した。

「かしこまりました」

　ボラモットが答える。

　その瞬間、ボラモットの着ていた服が、敷布のように大きく広がった。服の布が、まるで生きているかのように飼育係に絡《から》みつき、その体を包み込んだ。

「殺してよろしいのですか」

「聞くまでもなかろう、あほたれ」

　ボラモットが、頷く。

　ぎぎゅる。そんな音がした。男を包んだ布がねじ曲がっていた。おそらくは中に包まれていた体ごと。包み込んだ布が、あっという間に真っ赤に染まった。絞《しぼ》られた雑巾《ぞうきん》のようになった飼育係の体が、床に広がっていた布が縮み、もとの服に戻る。

ごろりと転がった。

「この男、いかがいたしますか」

「魂《たましい》ごと捨ててしまえ。こんな奴を天国に送ってどうする」

「わかりました。おい、そういうことだ」

　ボラモットが、白衣の男たちに死体を指し示す。白衣の男たちは戸惑いながらも、転がっている死体を片付ける。

　エンリケは、ボラモットに連れられて、ガンバンゼルの前に立たされた。ガンバンゼルはエンリケの体をしげしげと眺める。

「おいさっきから、何のつもりだい？　こんなくさい肉を、僕の前に立たせないでくれよ」

シガルという名前らしい、長髪の男が言う。

「黙ってみておれ、面白そうな肉ではないか」

「はあ、付き合っていられない」

シガルは肩をすくめて立ち上がる。エンリケの体を押しのけて、ぶらぶらと外に歩いていった。

「お、都合よく場所が開いたの。小僧、ここに座れ」

とガンバンゼルが自分の隣のソファを叩《たた》く。エンリケは戸惑っていた。今までこんな、優しい言葉をかけられたことはない。

「言うとおりにしろ」

ボラモットがエンリケの背中を押す。エンリケは、ガンバンゼルの隣に座る。

「のう、ボラモット。死ぬ前に泣く肉を見たことがあるか」

「ありません」

ボラモットが答える。

「わしもないわい。面白いのう。面白い面白い。面白いものは手に入れなければなるまい」

「全くです」

老人が、エンリケの目を見て言う。

「おぬし、なぜ泣いている？」

「……笑いたいと思ったんだ。でも、笑えない。一度も笑えないんだ」

エンリケは答える。

「そんなことを言う肉がいるとはの、世の中とはわからんものじゃ」

ガンバンゼルは、あごをなでながら呟く。

「しかし、簡単なことではないか。笑うなぞ、楽しいことがあれば笑えるじゃろう」

「俺は、肉だ。そんなもの、ない」

「ふうむ。もっともだな」

しばしエンリケの顔を見つめながら、ガンバンゼルが何かを考える。

「おぬし、名前は?」

「エンリケ」

「では、エンリケ。一つ聞こう。この世で、最も楽しいことはなんだと思う」

エンリケは首を横に振る。

「わからない」

「楽しいことはたくさんある。うまい飯《めし》を食い、うまい酒を飲み、タバコをすって女を抱く。だがな、エンリケ。それらの楽しいことの根幹にあるのはつまるところ、生きているという喜びだ。わかるか、エンリケ」

「よくわからないが、そうだと思う」

「ではエンリケ。生きる喜びを味わうには、どうすればいい」

「わからない」

エンリケは答える。ガンバンゼルは根気強い教師のように、エンリケに優しく語りかける。

「それはな、殺すことだよ。自分が生き、相手が死ぬ。生きていることをそれ以上に実感できるときが、ほかにあるか？」

「よく、わからない。殺すのは楽しいのか」

「ああ、楽しい。楽しいものだ。本当に楽しいものだよ。強くなり、勝ち、殺す。それ以上の快楽はこの世にない」

ガンバンゼルは、自《みずか》らの両手を見せた。

「のう、エンリケ。わしの手を見てみろ。どうだ、老いぼれているだろう。今のわしの手では、子供だって殺せん」

ガンバンゼルは語りつ《つ》づける。

「わしは長い間、慎ましい一般市民だった。善良な、ただの男として、生きてきた。

それは、今にして思えば耐え難い人生だった。欲望を押し殺し、自らに嘘《うそ》をつき続けて、なにが人生か。欲し、手にしてこそ人生。神溺教団に出会い、わしはようやくそれに気がついた。

だが、この世の真実を知ったとき、わしはすでに老い果てていたのだ。もう自らの手で人を殺すことなどかなわん。ましてや、最強の存在になるなど夢にも見れん。

だから、わしは求めた。わしに成《な》り代わり、わしの願いをかなえるものを。

怪物を、この手で産みだそうと思ったのだ」

「怪物……」

「現在、世界最強と呼べる者はハミュッツ＝メセタをおいてほかにいまい。当代最強の武装司書にして、わしらの宿敵。それを殺し、次の最強に君臨《くんりん》する。その至上《しじょう》の快楽を、見せてくれるものをわしは探している。エンリケよ。なぜお前に、この話をしているかわかるか」

「……俺は怪物になるのか」

エンリケが、呟く。ガンバンゼルが満足げに頷く。

「理解が早いの、それでいいぞ。エンリケ」

「怪物になれば、笑えるのか」

「当たり前よエンリケ。楽しくて、楽しくて、顔がいくつあっても足りんぞ」

エンリケは、ガンバンゼルを見つめる。

「俺は笑いたい。そのためならなんでもする」

ガンバンゼルは、エンリケの頬をなでさすり、いとおしげに笑った。

「ボラモット、決まりじゃ。こいつをわしの島に連れて行け。こいつは、いい怪物になるぞ」

第三章　自刃の男、殺せぬ拳

ザトウが歩いてくる。ノロティの前に立ち、じっと見つめる。

ひどく落ち着かない。まるで感情のこもらない、青い空洞のような瞳《ひとみ》だった。

「ハミュッツ＝メセタは？」

「代行、ですか？」

「どこへ行った？」

「わ、わかりません。気まぐれというか、何を考えてるのかわからない人なので」

ほんのわずかに、眉《まゆ》をひそめるザトウ。そしてすぐにノロティの横を通り過ぎ、歩み去ろうとする。

「ちょっと待ってください」

「なんだ」

ザトウが振り向く。ノロティはとりあえず何か話して、様子を見ようと思った。当たり障《さわ》りのなさそうな話題を探す。

「え、えっと、殴られ屋はやめたんですか？」

「あれはもう必要ない」

ザトウはそれだけ答えて歩き出そうとする。全くノロティに関心を持っていない。

「ちょっと待ってください、ザトウさん」

ノロティは、ザトウの袖《そで》を摑《つか》み、再度呼びかける。そのときザトウの表情が一変した。ノロティは、振り向いたその顔を見て足がすくんだ。怒りと驚愕《きょうがく》が入り混じった目が、ノロティを睨《にら》みつけていた。

「なぜ、その名を知っている」

「代行に聞きました」

「……………そうか」

ザトウは、そう言って不快そうに顔をしかめた。ザトウという名前に、何か恨《うら》みでもあるような顔だった。

「代行に何か用事ですか？」

そう聞くと、男は少し考える。

「殺されるつもりだ」

「………は？」

「ハミュッツ＝メセタに殺されるつもりだ」

「あの、ごめんなさい。何を言っているんですか？」

「ハミュッツ＝メセタに殺されると言ったんだ」

ノロティは呆然とその言葉を聞いた。代行が言うには、彼は自殺志願者だそうだが、ハミュッツに殺されるとはどういうことだろう。自殺にしては、少しばかり回りくどい。死にたいなら、首でもくくったほうが手っ取り早いと思うのだが。

「ちょっと待ってください。いきなりそんな変なこと言われても困ります。いくら代行でも、理由もなく人を殺すなんてできません」

「俺が死にたいと言っている。理由はそれで十分だ」

「……いや、全然十分じゃありません」

「他人の服を摑むな」

ザトウがノロティの手を振り払おうとする。ノロティも簡単には放さない。

「さっきから邪魔だ。ハミュッツ＝メセタを探さなくてはいけない」

そういうわけにはいかない。今さっき、ハミュッツに言われたのだ。この人を助けると。助けるはずの相手に、いきなり死なれては任務にならない。状況はまったくわからないが、止めるしかない。

「ちょっと、待ってください。そんなの認められません」

「今度は服の袖ではなく、手首を摑んで引き止める。

「なら、お前が俺を殺すか」

「……え？」

「ハミュッツ＝メセタに比べれば不足も不足だが、さっきの拳(こぶし)はなかなかだった。俺を殺せるなら、お前でも構わない」

何を言っているのかわからない。ノロティは、目を丸くしたまま固まる。

「俺を、殺せ」

「……………できません」

ノロティは答える。ザトウは、苛立《いらだ》ちの表情を見せる。

「もういい。邪魔だ。どこかに行け」

「そう言われても」

ザトウは掴まれた手を振り払おうとする。ノロティは、両手で手首を掴み、振り払われまいと必死になる。傍《はた》から見ると、揉《も》めている恋人同士のようにも見えるかもしれない。

そのとき、ノロティの足に何かが当たった。ノロティが下を見ると、小さな鉄の弾が転がっている。ノロティはザトウの手首を放し、それを拾い上げる。

「代行の連絡弾だ」

鉄の塊《かたまり》を開けて中を見てみると、中から小さな紙片が出てくる。ノロティとザトウはそれを覗《のぞ》き込む。

『ザトウくんへ。わたしを探しても無駄だよ』

ザトウがノロティの手から紙片を奪い、千切《ちぎ》って投げ捨てる。そして、ノロティに背中を向けて足早に歩いていく。

「ザトウさん、どこへ？」

「ついてくるな」

吐き捨てるように言い残し、ザトウは去っていった。

「来るなと言われて、はいと答えちゃ仕事にならないんですよ、と」

ノロティは、気配を殺し歩いている。ザトウからは二百メートル以上離れ、もしザトウが振り向いても死角になる場所を選びながら歩いていく。尾行の技術はひととおり学んでいる。難しい単独の尾行でも、常人《じょうじん》相手ならば気取《けど》られることはまずない。

彼に関する情報を集めることにした。何がどうなってるのか、さっぱりわからないこの状況では、行動のしようがない。どういうわけか彼は、死にたいと思っているらしい。しかも自分で首をくくったり、海に飛び込んだりするのではなく、誰かに殺されたいと思っているらしい。

ザトウになにがおきているのか。まずは、それを探らなくてはいけない。

ザトウは、繁華街《はんかがい》を抜け、船着場を通り過ぎる。その先にあるのは、夜になると人気《ひとけ》のなくなる、倉庫街だ。

その中の、特に古びた、小さな倉庫の前で、ザトウが足を止める。さびの浮いた鉄の扉を開けて、中に入っていった。

「むう……」

一人で中に入るのは不安だが、ここで引き下がるわけにもいかない。ノロティはバレずに潜入できる場所を探す。倉庫の反対側、屋根の近くに通風孔を見つけた。石の壁をよじ登って中に進入する。

幸いにも、中は暗い。ノロティは夜目が利《き》くので問題はないが、中にいる者から見つけられることはないだろう。壁を軋《きし》ませないように注意しながら、静かに下に降りる。潜入成功。

中は、長い間使われていないらしく、埃《ほこり》くさい。咳《せき》とくしゃみに用心しなければならないだろう。倉庫の中いっぱいに、積み上げられている布袋。匂《にお》いから察するに、石炭を備蓄している倉庫のようだ。

地面に耳をつける。聞こえてくるのは自分の心臓の音と、倉庫の反対側から聞こえる、一人の足音だけだ。それ以外にはネズミの足音も聞こえない。とりあえず倉庫の中にいるのは、ザトウと自分だけと考えていいだろう。

詰まれた石炭の袋の陰《かげ》から、ノロティはそっと顔を出す。倉庫の反対側の隅《すみ》に、小さなスペースがある。そこでザトウが、マッチを擦《す》り、ランプに火をつけていた。

明かりがザトウの姿を照らす。彼の周りには、ランプが一つと、粗末な寝袋、それに小さなかばんがあるだけ。寝袋があるところを見ると、ここをねぐらにしているのだろう。さっきの殴られ屋の仕事で、金には不自由していないはずなのに、どうしてこんな場所で生活しているのかはわからない。宿に泊まれない理由があるのだろうか。

ザトウが、かばんの中から、何かを取り出す。ランプの明かりがきらりと反射したそれが、短剣であることがノロティにはわかった。

ザトウはその短剣を逆手《さかて》に摑み、突然、自分の手の甲《こう》に突き刺した。

「！」

ノロティは声を上げるのを、寸前でかろうじて抑えた。三十センチほどの刃の、中ほどまでが埋まっていた。手の甲を貫通し、刃がむき出しの地面に食い込んでいる。

ザトウは剣を抜く。血に染まった短剣が、もう一度振り下ろされる。さっき刺した傷と同じ場所。同じ場所を二度刺す痛みは尋常《じんじょう》ではない。ザトウが目を見開き、歯を食いしばって苦痛に耐えているのが見えた。

三度目に振り下ろされたのは、手の甲ではなかった。胸の真ん中、肋骨《ろっこつ》の境目辺《あた》りに刺しこまれた。

「……………あ」

通常、胸を刺すときは刃を横にする。が、ザトウは刃を立てたまま胸を刺し貫いた。肋骨がごり、と砕《くだ》ける音がノロティのところまで聞こえてきたような気がした。折れた肋骨と刃が、心臓と肺に刺さるのが、遠くから見ているノロティにすらわかった。

ザトウが、激しく咳《せ》き込む。口から血がしぶきになって飛ぶ。

柄《つか》まで赤く染まった短剣を、ザトウが両手で逆手に持つ。口から血を撒《ま》き散らしながら、短剣を喉《のど》につきたてた。

間違いなく、あれは死んだ。自《みずか》らの肉体を強化する魔法を使っていようがいまいが、今のはどうしようもない。突然のことに、止める暇《ひま》もなかった。

「……しまった」

ノロティは呟《つぶや》く。いきなり任務に失敗した。

もう隠れる必要もない。ノロティは体を出し、ザトウの死体に歩み寄る。土下座《どげざ》するような格好《かっこう》で、前のめりに倒れているザトウの体を、ランプが空《むな》しく照らしている。血《ち》溜まりに足を踏み入れると、まだ温かい。無駄だとわかりつつも、ザトウの体に手を伸ばす。そのとき、ザトウの左手が目に入った。

「あれ?」

手の甲に傷がない。刺したのは、右のほうだったかと思い、右手を見ようとザトウの右側に回りこむ。そのとき、声がした。

「………何をしている」

思わずノロティはあたりを見渡した。

声が聞こえたのは、確かに足元のザトウのほうからだったが、たった今、死んだ人間が口を開くとは信じられなかった。

「………やはり、お前か」

ザトウが、血の海の中から、ゆらりと体を起こす。自身の血に赤く染まったザトウの顔が、ノロティを見る。

言葉を返せなかった。心臓と気管を貫いて、なおも生きているなんて、ノロティの常識ではありえない。

こんな能力を持っているのは、それこそただ一人。

バントーラ図書館を襲撃《しゅうげき》した、あの『怪物』のほかにはいない。

体を起こしたザトウが血にまみれた顔をノロティに向ける。

「お前、何をしている」

ザトウが、不機嫌そうにたずねる。表情に苦痛の色はない。今さっき心臓と首に剣をつきたてた男とはとうてい思えない。右手どころか、刺し貫いた首筋にもすでに傷はない。

「あとをつけているから、殺すつもりかと思っていたが。好機をただ見ているだけとはどういうつもりだ」

やっぱりバレていたんだ、とノロティは思った。

逃げることをノロティは考えている。もしザトウが『怪物』なら自分の手に負える相手じゃない。逃げて、どうにか逃げきって、応援を呼ばないといけない。

理性はそう判断している。しかし、不思議にノロティの足は動かない。

なぜだろうか。

同じ能力を持っているだけで、彼が『怪物』だという確証はない。

それに、ザトウから、まったく敵意を感じないのだ。自分を攻撃しようとする意思が、ザトウから感じられないのだ。この男が望んでいるのは、純粋に自分を傷つけることだけで、ノロティをどうにかしようという気持ちが感じられないからだ。

ザトウは、血の海に落ちていた短剣を拾い上げた。

「まあいい。もう一度やればいいだけだ。今度はしくじるな」

「え？」

ノロティは、素《す》っ頓狂《とんきょう》な声を上げる。

「もう一度、首と心臓を刺す。俺が倒れたら、再生が止まるまで追撃を加えろ。それで俺は死ぬ」

ザトウは言い、短剣を胸に向ける。その手を、ノロティが押さえた。

「ちょ、待ってください」

「なんだ」

「その、勝手に話を進めないでください」

「……………」

「あ、あの、あなたを殺しに来たわけじゃないんです。死にたいとかそういうのは、待ってください」

ザトウの目に、また苛立ちの表情が浮かぶ。

「なら、なんの用だ」

少し、ノロティは迷う。

「あなたを、助けようと思っています」

ノロティがそう言うと、空気がぴしりと裂けるような、異様な雰囲気《ふんいき》に包まれる。こういう感覚を、ノロティは知っている。圧倒的な強者が、怒りを覚えたときの雰囲気だ。

「助けるだと？」

「はい」

「なら、簡単なことだ。俺を殺せ。俺にとって助けになるのは、殺されることだけだ」

「……それは助けるといいません」

「まさか、自殺は良くないことだからやめたほうがいいとは言わないだろうな」

ノロティは、気圧《けお》されないように必死に目に力を入れ、答える。

「自殺は良くないことだから、やめたほうがいいと思います」

背中が冷たくなるのを感じる。怒りが、物理的な力をもって襲《おそ》いかかってくるような目。

「俺が冷静でいられるうちに、消えうせることを勧《すす》める」

そのほうが、いいかもしれないと思う。だが、その勧めに従いそうになる自分を押しとどめた。ここで退《ひ》いたら、何のためにここに来たのかわからない。

大丈夫だ、とノロティは自分を鼓舞《こぶ》する。まだとどまれる。もっと恐ろしい人が上司にいるのだから。あの人に比べればまだ怖くない。

「どうするつもりだ。帰るなら早くしろ」

ザトウが、苛立たしそうに言う。

「早く選べ。俺を殺すか、お前が消えうせるか」

「どっちも嫌だと言ったら、どうしますか？」

一つ、ため息をつくザトウ。さらに苛立ちの色が激しくなる。

「どうすると思う？」

「わかりません。自分はあまり頭がよくないものですから」

眼《め》をそらすな。そう思いながら、ノロティはザトウと睨み合う。

「一つ、教えてください。あなたは、何者なんですか」

ザトウは、しばしノロティから目をそらし、考えた。

「俺は、ただの愚《おろ》か者だ」

そう言ったきり、ザトウは黙った。ノロティも、かける言葉を失い、黙る。

戦いにたとえれば、互いに攻め手を失い、相手の出方を窺《うかが》い合う膠着《こうちゃく》状態といったところだろう。ノロティは殺さないことを、ザトウは殺されることを望み、互いに相容《あいい》れない二人。

暴力とは違う形の戦いだった。

か細いランプの明かりが二人を照らす。遠くから聞こえる潮騒《しおさい》。カモメたちはねぐらに帰ったのか、絶え間なく聞こえていた声が今は聞こえない。

ノロティは、目の前の相手を見極《みきわ》めようと、ザトウをじっと見つめる。

この人は、『怪物』なんだろうか。『怪物』だとしたら、なぜここにいて、どうして死にたがっているのか。そして、もし『怪物』でないとしたら、いったい何者なのだろうか。

「なぜここに来た」

ザトウが問う。ノロティは答えない。

「ハミュッツ＝メセタからの任務か？」

図星をつかれた。ノロティの表情がこわばる。ノロティの顔を見て、ザトウがさらに問い詰めてくる。

「ハミュッツ＝メセタは何を考えている？」

「わかりません。あたし、下《した》っ端《ぱ》ですから」

「どういう任務だ」

「……何も聞いていません。ただ。あなたを助けろと、それだけです」

「どうやら、聞いていないようだな」

ザトウの目が、ぎらりと光った。今までにない異様な雰囲気を、ノロティは感じる。

「俺が『怪物』だということを」

今度こそ、ノロティの背筋《せすじ》が凍《こお》りついた。全身が、緊張する。足が逃げろと声を張り上げる。

「武装司書の見習いが、バントーラ図書館の追っている『怪物』を助けるつもりか」

「……あなたが『怪物』なんですか」

ノロティが問い返す。

「さっきも言っただろう。俺がお前たちの探している『怪物』だ」

ザトウが、決然と言う。

もはや、迷うべきではない。極秘《ごくひ》任務も何もない。殺せ。でなければ逃げろ。逃げて応援を呼び、この男を殺せ。それが理性の判断。そうするべき当然の行動。

だが、どうしてだろうか。ノロティは踏みとどまっていた。

ザトウの言葉に、なにか嘘《うそ》のにおいを感じていた。なにかが、気になる。条理に合わないような気がする。

理性と感覚がノロティの中でせめぎあい、結果、感覚が勝った。

「……そういえば、殺してくれると思ったんですか？」

「なに？」

「いろいろ考えるものですね。確かにあなたが『怪物』なら、殺さずにはいられませんが。そんな嘘にだまされるほど甘くもありませんよ」

「お前は何を言っている」

ノロティは、声が震えそうになるのを必死に抑えながら言う。

「だから、あなたは嘘をついていると言ってるんです」

ザトウが、ぎり、と歯を鳴らす。沸点《ふってん》に近づきつつある怒りを、理性で抑えつけている表情だ。

「いい加減馬鹿《ばか》なことを言うのはやめろ。もういい。早く俺を殺せ」

ああ、やっぱりと、ノロティは思う。それにしても嘘の下手《へた》な人だ。

「あなたが『怪物』なら、とっくにあたしは死んでますよ。バントーラ図書館に攻め込んで、何人も殺したような人が、いまさらなんであたし一人殺すのをためらうんですか」

ザトウが、少しだけうろたえるのを、ノロティははっきり確認する。

「俺は、死を求めている。お前を殺しても意味はない」

「あたしが死ねば、図書館から先輩たちが大挙《たいきょ》してここに来ますよ。代行とか、マットアラストさんとか、とんでもない人たちに袋叩《ふくろだた》きですよ。

そうしたほうがいいんじゃないですか？」

「…………」

『怪物』だから殺せ。そう言いたいなら、初めから何も言わずにあたしや代行に襲いかかればよかった。違いますか？」

ザトウは顔を伏せ、しばらくの間黙っていた。顔を上げる。

「なるほど。それは思いつかなかった」

まずい。ノロティは、思った。

もしかしたら自分は、ものすごい失敗をしたのでは。

「そうすることにしよう」

と、ザトウが片手をノロティに向けた。ノロティは、大きく後ろに逃げた。積まれていた石炭の袋に体が激突し、倒壊してノロティの体に降り注ぐ。そうなることはわかっていたが、そうするしかなかった。

ノロティがいた場所の床が焦《こ》げている。暗い倉庫の中。ザトウの体から火花が散っていた。

それもまた、ミレポックに聞いた『怪物』の能力。雷撃だ。

「馬鹿な女だ」

ザトウがそう言いながら、袋の下敷きになっているノロティに手を伸ばす。ノロティは、全身の力を振り絞《しぼ》って立ち上がる。体の上の袋を、ザトウに向かって投げ飛ばす。

飛んでくる袋をザトウが軽々と避《よ》けた。だがその間に、倉庫の端まで転がる時間を稼《かせ》ぐことができた。ノロティは立ち上がり、ザトウに向き直る。

「……動くな」

と、もう一度ザトウの手が青く輝く。すぐさまノロティは、真横に走る。攻撃を見てから避けて、間に合うわけがない。ひたすら動き回って、逃げ切れたら幸運。それ以外にない。

二度目の雷撃もかろうじてかわした。石炭の袋がはじけ、ノロティの体に降り注ぐ。

「動くなと言っている」

倉庫の出入り口に走ろうとしたところに、ザトウの雷撃。体が扉に触れる直前。扉を雷撃が包み込み、蝶番《ちょうつがい》がはじける。扉が倒れてくるのを、ノロティは避ける。

逃げることはできなかったが、扉が開いてくれたのは不幸中の幸いだ。

なんとかあと数回雷撃を避けきって、開いた扉から外に走る――

と、そのとき、気がついた。

あと数回？

そもそも何でかわせているのだろう。光と等速で飛んでくる雷撃をかわせるほど、自分の体術は卓越《たくえつ》していたか。雷撃を避けることができたのは、攻撃を予知できるマットアラストさん一人だったはずなのに。

ザトウの手が光り、次の雷撃が来る。

だがノロティは、それを避けることをやめた。

雷撃が飛ぶ。必殺の攻撃が当たったのは、ノロティの立っていた一メートル横だった。火花がノロティの素足を焦がすが、それだけだった。

「……」

ザトウが、沈黙する。

次の雷撃は来なかった。何のことはない。初めから、当てるつもりがなかっただけだ。雷撃で扉を開けたのも、そこから逃げられるようにということだ。

「………優しいんですね」

ノロティが言った。

ザトウが、気恥《きは》ずかしそうに目をそらす。

「やっぱり、『怪物』とは思えない。どうすればたった一カ月でそんなに心変わりをするんですか？」

「もう、いいだろう。早くそこから逃げろ」

「逃げて、どうしろと」

「他の武装司書を呼んで来い。ハミュッツ＝メセタでも誰でもいい」

「まだ言ってるんですか。強情にも程ってものがありますよ」

と、その時ザトウが、ひどく真剣な目になってノロティを睨んだ。

「強情はお前のほうだ。ノロティ」

「……あたしがですか？」

ザトウは頷《うなず》く。

「なぜそうまでして、殺さない。殺す理由はいくらでもあるだろう。俺は『怪物』と名乗り、お前を攻撃した。それだけで殺す理由には十分すぎるはずだ。

お前は全身から勇気を振り絞り、いらない苦労を重ねに重ねて、俺を殺すまいとしている。俺を助けるとかいう任務は、そんなに大事なものなのか？」

今度は逆に、ノロティのほうが言葉に詰まった。たしかに、ザトウの言うとおりだ。殺さない理由を自分は必死に探している。

ハミュッツから言われた任務だからか。いや、そうじゃない。ノロティは答える。

「ただ、気に入らないだけです。

なんで、殺すとか殺さないとか、そういうことばっかり考えるんですか。

何か、困ったことがあるんでしょう？　それで死にたいと、死ななきゃいけないと思ってるんでしょ？　あたしはあなたを助けるって言ったんです。黙って助けられようとか、思ってくれないんですか？」

「……」

「死にたいとか、殺せとか、そういう話じゃないでしょう」

「もういい」

と、ザトウは言った。

「お前はもういい。別の奴《やつ》に殺される」

「ザトウさん」

「話しかけるな」

ランプは、ザトウの雷撃で壊れていた。まだかろうじて残っていた火が消え、倉庫は薄闇《うすやみ》に包まれている。

これ以上、ここにいても何も得ることはないだろう。ノロティは、ザトウに背を向ける。

「……また、来ます」

「来てどうする?」

「わかりません。でも来ないと何にもなりません」

「俺が、怖くないのか?」

「……それほどは」

最後に、ノロティがたずねる。

「どうしてあたしを殺さないんですか?」

答えは、返ってこない。ノロティが倉庫を出たその時、闇の向こうからかすかに声が聞こえた。

「……もう、殺すのはたくさんだからだ」

すでに人気のない保安官事務所に、ノロティは戻っていた。ソファに座り、新聞を膝《ひざ》の上においた、ぼうと考えをめぐらせていた。

ザトウは、何者なんだろうか。

普通に考えれば、彼が『怪物』だ。『怪物』と同じ力を持ち、『怪物』であると自ら名乗っている。しかし、『怪物』というにはあまりに優しすぎる男。

これから、どうしよう。極秘任務である以上、彼を助けなくてはいけない。

だがもし彼が『怪物』なら、重大な背信行為になる。

彼を、助けるのか、そうしないのか。ハミュッツに従うか、それとも…。ノロティは悩む。

そのとき、頭の中に響く声がした。

(ノロティ、聞こえる?)

ノロティの直属の上官、ミレポックの思考共有だ。ノロティは慌《あわ》てて、尻《しり》のポケットから印《いん》布《ふ》を取り出す。ミレポックの髪の毛を縫《ぬ》いこんだ小さなタペストリは、思考共有を手助けしてくれる魔法の道具だ。ノロティはこれがないと、思考を送り返すことができない。

(聞こえています)

(そう。場所が遠いから、長く続けていられないわ。ルイモンさんの『本』はどう?)

そういえば、自分の現在の任務は、ルイモンの『本』の探索だった。ザトウの件で頭がいっぱいで、忘れていた。現在の状況を正直に話すのは、極秘任務らしいので、やめておこうとノロティは思った。

そういえばザトウが『本』を盗んだ犯人だと言っていた。本当かどうかはわからないが、そのことは一応報告しておこうと思った。

（かなりクロに近い人がいます。これから、詰めていく段階です）

（……よくやったわね）

ミレポックの静かな驚きが伝わってくる。ノロティが独力で解決できるとは思っていなかったのだろう。

（でも、状況が複雑で把握《はあく》しきれていません。断定しきれる部分が少ないです。詳《くわ》しいことは、はっきりしてから報告します）

（『本』は取り返せそう？）

（まだわかりません。盗んだらしい人はいますが、現存しているのかまでは……）

（そう。わかっているとは思うけれど、最優先は『本』の奪還《だっかん》よ。わかっているわね）

（はい）

それどころではありませんとは答えられない。そんなこと言ったら、激怒してバントーラから飛行機で飛んでくる。

（犯行の背景についても、これから調べていきます）

（……それはやらなくていいわ）

（え？）

（殺しなさい）

ノロティが息を呑《の》む。

(真実は図書館で知ればいいわ。生かしておく必要はない)

(………)

ノロティは、言葉を詰まらせていた。その指令に頷くことのできない自分がいる。

(そう。迷うのね)

と、ミレポックの失望が伝わってくる。

(あなたの成長を阻《はば》んでいるのが、その甘さだということ、早く気がついて欲しいものだけれど)

(………それは)

(………いい報告を期待しているわ)

ミレポックの力の限界なのか。思考共有はそこで打ち切られた。ノロティはソファの背もたれに体を預け、大きくため息をつく。

「どうして、そんな、殺せとか、そういうことばっかり」

ノロティは、拳を握り、ソファを殴りつける。そして握り締めた拳をじっと見つめる。

ふと、ルイモン＝マハトンが生きていたときのことを思い出した。

半年前まで、ノロティの訓練教官はルイモンだった。それがミレポックに代わったのは、ルイモンが死んだあとのことだ。

「君は、どうして銃を持たない？」

　昔、ルイモンに言われたことがあった。

「君の戦闘能力は、低くない。はっきり言えばもう僕より強いと思う」

　そう言いながら、ルイモンは人差し指でノロティを差す。ばん、と小さく指を跳《は》ね上げる。

「剣も銃もなしならね」

　ルイモンの武器は、銃剣のついた小銃だ。大きすぎて扱《あつか》いにくいその武器を、その巨体と腕力に物を言わせて軽々と扱う。対するノロティの武器は、拳に巻いた荒縄《あらなわ》のみ。

　現在、武装司書の多くが、銃と剣の両方を使う。近接すれば剣。離れれば銃。

　マットアラストのように、どちらか一方に特化した人か、ハミュッツのような特別な能力の持ち主以外は、ほとんどがそうしている。そのもっとも合理的な戦闘スタイルを、ノロティは選ばなかった。

　選んだのは、もっとも非合理な戦闘スタイル。拳による格闘戦だった。

「銃は嫌いです」

　ルイモンの問いに、ノロティは答える。

「どうして」

「殺せすぎるからです。殺したくなくても、殺してしまうからです」

「君は、優しい子だね」

　そう言いながら、ルイモンは悩んだ。

「だが、殺さずに勝つのは、殺して勝つよりも何倍も難しいことだよ。何倍も強く、賢《かしこ》くなくてはいけない。君はそこまで賢くもないし、強くもないよ」

ノロティは、何も言い返せない。全くそのとおりだった。

「僕たちの仕事は、つまるところ死の管理だ。今あるものを過去に変え、過去を過去として封じ込める。人を助けるのは、倫理《りんり》であって義務ではない。殺さないのを責められることはあっても、褒《ほ》められることはない。

それでも君は、人を殺したくないと、胸を張って言うつもりなのか？」

「はい」

ルイモンはため息をつく。

「もしかしたら君は、武装司書になるべきではないのかもしれない。その信念はいつか、致命的な何かを引き起こすような気がする」

「……それでも、あたしはがんばります。殺さずに勝てるようになるまで」

そう答えるノロティを、ルイモンは心配そうに見つめていた。

そのときのことを、今になって思い出した。

『なぜ俺を殺さない』

そう、ザトウは聞いてきた。

ノロティにも、わかっている。一番確実な解決法は、ザトウを殺すこと。

『怪物』だとしたら、殺さなくてはならない。ルイモンの『本』はそのあと探せばいい。神溺《しんでき》教団の一員である以上、ザトウの『本』は見つからないだろうが、まずは殺すことが第一だ。

ハミュッツの命令に関しても、従う理由はすでに薄れている。ハミュッツが『怪物』だと知らずに命令を出したとしたら、その命令は無効だろう。もし知っていて命令を下したとしたら、責任を問われるのはむしろハミュッツのほうだ。

さらに言えば、もしザトウが『怪物』ではなかったとしても、自分から『怪物』であると名乗った以上、殺すことに何の障害もない。

殺すべきだ。それ以外にない。

だが、それでもノロティは、人を殺したくないのだ。

『もう、人が死ぬのはたくさんだ』

ザトウの言葉を、ノロティは思い返す。ザトウは、自分を殺そうとはしなかった。殺したほうが明らかにザトウにとって、都合がいいだろうに。それでも自分を殺さなかった。ザトウに、親近感のようなものを、抱いていることに気がついた。

ノロティは、決意する。

怒られるのが怖いからとは違う。クビがかかっているからでもない。

自分の信念を賭《か》けて、自分はあの人を助ける。ノロティは静かにそう誓《ちか》った。

同じ頃、夜の道。ねぐらにしていた石炭倉庫を離れ、ザトウは一人街を歩いていた。夜はすで遅く、これから寝るのに適した場所を見つけるのは、いささか骨だろう。

ザトウは血にまみれた服を脱ぎ捨てて、すでに着替えをすませている。安いホテルでも見つけ、今日のところはそこに泊まることにした。倉庫で寝泊まりしているのは、金がないからではない。宿よりもそういう場所のほうが落ち着くからだ。

ふと、足を止める。ザトウは手を見つめた。

その手が震えていた。尋常《じんじょう》な震え方ではない。死にかけた虫の断末魔《だんまつま》のように激しく痙攣《けいれん》している。

「またか」

と、ザトウは言った。ノロティに尾行されながら、倉庫に戻ったときも、ザトウはこの震えを感じていた。

さっきのように、短剣で刺すのは都合が悪い。血が飛び散ったら、ホテルにも泊まれないだろう。ザトウは痙攣する小指を摑み、逆側にねじった。ひどく乾いた音が、指から腕の骨を通じて耳に響く。骨がねじ切れる音。足の先まで響くような激痛に、ザトウは歯を食いしばる。

一本骨を折っても、手の震えは、止まらない。その隣の薬指をねじる。関節の一つ一つを逆側に折り曲げ、渦巻《うずま》きのような形に変える。

中指に手をかけたころ、震えはようやく収まった。痛みを与えれば、震えは止まる。痛みで体の中から出てくる、あいつを追い返すのだ。

指の骨が再生していく。その様子を見ながら、ザトウは思った。

震えが来る間隔が、短くなっている。

「早く死ななくては」

ザトウはそう呟いた。

第四章　一つめの過去——雷撃

エンリケとガンバンゼルの出会いから、三年が過ぎていた。

海鳥が飛び、カニが這《は》う砂浜。そこに、十人ほどの少年たちがいた。

彼らは皆同じ、擦《す》り切れた兵隊の服を着ている。みなが均等に距離をとって、砂浜に座っている。彼らの一番端に、エンリケは座っていた。

風のない日の波音が、心地よくエンリケの耳に響く。適度な騒音は、時に静寂《せいじゃく》より人の心を研《と》ぎ澄《す》ます。波はエンリケの膝元《ひざもと》まで這い伸びて、ズボンのすそをわずかに濡《ぬ》らす。

エンリケは目を閉じ、耳を澄まし、呼吸を限りなく静かに整える。エンリケは自《みずか》らの中を流れる公理に、意識を集中させていた。

「イメージだ」

エンリケたちの後ろに、一人の男が立っている。

彼らよりも少し上等な軍服を着た中年の男。顔の下半分は、黒い縮《ちぢ》れたひげに覆《おお》われ、上半分は癖《くせ》のある黒髪がかぶさっている。外から見えるのは、目と鼻を中心にしたわずかな部分だけだ。男の名は、ボラモット＝メイフ。かつてガンバンゼルの横にいた、布使いの男だ。

大柄な体とあわさって、遠めには服を着た熊《くま》にも見える。

「魔法はイメージから始まる。自らの中にある世界の秩序を破壊し、同時に世界の中にある自分の秩序を破壊する。意識の中にある混沌《こんとん》を、イメージの力で形に変えるのだ」

ボラモットの声を聞きながら、エンリケはさらに集中力を高める。

エンリケたちは今、魔法を学んでいる。ガンバンゼルの言う、怪物になるために。

魔法とは何か。それを説明するために、ボラモットはまず、コップに入った一杯の海水を見せた。エンリケがこの島に来て、すぐのことだ。エンリケがやってきたとき、島にはすでに、十数人の少年たちがいた。エンリケは最後に来た一人だった。

「このコップを傾けると、水はどうなる?」

「こぼれる」

エンリケの仲間の一人が答える。

「なぜだ」

「……………そういうものだから?」

「もう少し詳《くわ》しく言え」

仲間の一人が口籠《くちご》もると、その先をボラモットが続けた。

「世界は、そういうものと定められているからだ。傾ければ水はこぼれる。手を離せばコップは落ちる。鳥は空を飛び、魚は海を泳ぎ、朝になれば日が昇り、夕暮れになれば沈む。

かつて、この世界を造《つく》った『始まりと終わりの管理者』が、世界をそうあるように定めたからだ。世界の全《すべ》ては、その理《ことわり》の中に定められている。いや、創造神がそうあるように定めた部分を世界と呼ぶと言ってもいい。

人間も、創造神に作り出されたものである以上、当然その理の中にある。

だから人間は、どんなに力持ちでも一トンの岩は持ち上げられないし、泳ぎが上手《うま》くても魚より速くは泳げない。手から光を産み出したり、口から火を吐くこともできない。当たり前のことだ。創造神が人間を、そうあるように造ったからだ。

基本的に人間は、少し頭がいいだけの、無力な生き物だ。だが、人間は、それだけのものではない」

ボラモットは、コップの水をエンリケたちに見せつけながら言った。

「創造神は人間を、この世で唯一《ゆいいつ》、神の定めた理に、逆らえるものとして造った。

創造神に逆らう権利の行使。

世界を秩序立てる公理からの逸脱《いつだつ》。

それを人間は魔法と呼んでいる。コップを傾ければ水がこぼれる。そのルールを、否定することもできるのだ。このように」

そう言って、ボラモットは口の中で何事かを呟《つぶや》き、手の中のコップをひっくり返した。コップの中の水は、まるで氷のようにコップに張りついていた。

「この程度なら難しいものではない。ある程度修練すれば、誰でもできる。それにこの現象自体、それほど大したものでもない。水をこぼしたくないなら、蓋《ふた》をすればいいのだからな」

　その時、張りついていたコップの水が、突然支えを失ったように砂の上に落ちた。

「貴様らに必要な魔法は、こういうものだ」

　今度はボラモットの着ている服が、ざわざわと生き物のようにうごめいた。少年たちは少しざわつくが、エンリケは驚かない。船の中で飼育係をねじり殺したのを、一度見ているからだ。

「これが俺の能力。肌《はだ》に接触している布を自由に操《あやつ》る魔法だ。これは教えようと思っても教えられるものじゃない。この力を使う権利を持っているのは俺だけだからだ。『ボラモット＝メイフは自らに触れた布を、物理法則を超えて、意のままに操ることができる』と、世界の理を作り変えたのだ。

　現在一流の戦士と呼ばれる者はほぼ全員がこういう魔法を操る。自分にしか使えない、自分だけの魔法だ。

　貴様らもそれを習得しなくてはいけない。今のところ、これが強くなる最善の手段だ」

「………」

「余談だが、ごくまれに、生まれながらに神から権利を与えられている人間もいる。そういう人間は、生まれつき髪の毛の色が普通じゃないそうだ。まだら色の髪の毛を持つ、常笑《とこ》いの魔女あたりが有名だが、まあ、貴様らには関係のないことだ」

　ボラモットは続ける。

「いいか、貴様らはガンバンゼル様のお役に立つためにだけ、ここにいる。お前たちが生かされているのはガンバンゼル様の崇高《すうこう》な使命のお役に立つためだ。それ以外には何もない。それを忘れるな。

俺は厳《きび》しい。だが、それはガンバンゼル様のためであり、ひいては貴様らのためだ。強力な魔法を習得することができれば、お前たちは怪物となれる。唯一《ゆいいつ》にして絶対のもの、崇高なお方が産み出す、崇高なものとなる。

だが、その日まではゴミだ。一切の口答えも許さない。わかったな！」

エンリケを含む全員が、一斉《いっせい》に頷《うなず》いた。

その日から、エンリケたちの魔術審議が始まった。


砂の上に座るエンリケは、目を閉じて集中力を高め続ける。

エンリケは、意識の中から外界を遮断《しゃだん》し、自らの中に閉じこもる。自らの無意識と、その奥にある、現代神とつながった、意識の最深部に意識を向ける。

心の中で、ボラモットから教わった、魔術審議開始の言葉を唱《とな》える。

（行くものは行かず、来るものは来ない。月は太陽。小鳥は魚。生者は骸《むくろ》。鋼鉄は朧《おぼろ》。全ての現《うつつ》は夢にして、幻想は全ての現なり。あるものはなく、なきものはあり、万物を虚偽《きょぎ》と定義して、これより、魔術審議を執《と》り行う）

魔術審議が始まる。意識の最奥《さいおう》に分け入り、自らの意思をもって、世界の公理を書き換える。現代神の統治する世界の公理を、獲物《えもの》を食う肉食昆虫のように侵食し、それを書き換えて自らの望む形に作り変える。

（エンリケ＝ビスハイルは雷《いかずち》を操る）

（エンリケ＝ビスハイルは今よりも強い雷を操る）

（エンリケ＝ビスハイルは今よりも強く、精密に雷を操る）

エンリケは心の中で唱えながら、世界の理を変換させていく。さらに強く、さらに精密に魔法を操る自分を想像する。想像し、それを現実へと変えていく。

世界の公理が、組み変わる。魔術審議、終了。

エンリケが目を開け、右手を前に突き出した。その動作とともに、青く光る稲妻《いなずま》が、エンリケの手からほとばしる。五メートルほど先の砂浜に、稲妻が突き刺さり、砂塵《さじん》を巻き上げる。

「……………」

砂が舞う中でエンリケはほっと息を吐いた。エンリケが使う力は、雷。自分の体から自在に放出し、操ることができる。

ここまで来るのは、簡単ではなかった。

まずは、雷を打つ自分をイメージすることから始まった。そのイメージを具体化し、洗練させる。そして雷を産み出せると心の底から信じる。

迷いを捨て、世界の公理に手を加えられるようになるまで、一年かかった。

それから雷を自在に操れるようになるまで、さらに一年。操れないうちは、雷で自分の体を焼き焦《こ》がすこともしばしばだった。今のように攻撃に用いることができるようになったのは、ここ最近のこと。それから何度も魔術審議を繰り返し、精度と威力《いりょく》を高め続けている。

周囲の少年たちが、目を開けている。エンリケと彼が産み出した雷撃の痕跡《こんせき》に、驚愕《きょうがく》の視線を向けている。

「さらに力をあげたな」

ボラモットが言い、エンリケに布を渡した。エンリケは顔の汗《あせ》と砂埃《すなぼこり》を拭《ぬぐ》う。

「雷か……すごい能力だ。使いこなせるまでは地獄だが、使えれば相手が地獄だな」

ボラモットはエンリケの体を見る。指といわず腕といわず、服に隠れて見えないが、全身にやけどの痕《あと》が残っている。ここまで何度も、死の危険を潜《くぐ》り抜けた体だ。

「よくここまで耐えぬいた」

ボラモットがエンリケの肩を叩《たた》く。

「今日はここまでだ。全員起立」

エンリケと、その仲間たちが立ち上がる。すでに、時刻は夕方に近い。

彼らは毎日、こうして審議をおこない、それぞれ魔法を強化させていた。今日、審議を成功させ、魔法の威力を強化させられたのは、エンリケ一人だった。

「ここ最近のエンリケの上達は目覚ましい。しかし、ほかの者のたるみきった有様《ありさま》には目を覆いたくなる。お前たちには恥《はじ》という感情はないのかと問いたい」

エンリケ以外の少年たちが、目を伏せる。

「ガンバンゼル様に生かしていただいている身を忘れるな。全員、自らの命と引き換えに魔法を得る気概《きがい》を持て。以上、本日は解散」

修練を終えると、ボラモットは、森の中にある住まいに一人歩いていく。それについていく者はいない。ガンバンゼルに仕《つか》える擬人《ぎじん》であるボラモットと、元来が肉であったエンリケたちでは、身分が違うとボラモットは言っていた。ボラモットが住んでいるのは、この島に来て最初に建てさせた、丸太作りの小さな小屋。対してエンリケたちにあてがわれたのは、崖《がけ》の洞窟《どうくつ》だった。ランプとベッドがある以外は、まるで楽園時代以前のような住処《すみか》だった。

エンリケに、その扱《あつか》いに対する不満はない。もとがパンくずを拾って食っていた身としては、望外の出世ともいえる。

「今日も終わりか」

仲間のうちの、一人が呟いた。

「あとは、飯《めし》食って寝るだけだ」

誰かがそう答える。

エンリケたちは、洞窟の前に戻る。チーズのようにあちこちに穴の開いた崖の前に、小さな広場がある。広場の真ん中で、小さな焚《た》き火が燃えていた。一人の少女が薪《まき》を放り込みながら、焚き火の番をしていた。

歳《とし》は、十七かそこらだろう。エンリケの胸の辺《あた》りまでしかない、小柄な少女。小さな頭から二本の三つ編みが垂《た》れている。

「ただいま、クモラ」

仲間の一人が、少女に声をかける。少女は振り向き、臆病《おくびょう》そうな声でエンリケたちに挨拶《あいさつ》する。

「皆さん、お疲れ様なのです」

少女の名はクモラ。エンリケが来る前からこの島にいる、小間使《こまづか》いの少女だ。


エンリケたちは、焚き火の周りに、輪になって腰を下ろす。その輪の中を、クモラがちょこちょこと動き回る。エンリケたちはクモラから、『本』ほどの大きさの油紙の包みを、一つずつ受けとる。包みを配り終わると、今度は鉄のコップに入った白湯《さゆ》をもらう。

「たまには、別のもの食えねえかな」

と、誰かの声が輪の中に響いた。誰もが思っていることなので、誰も答える者はいない。

エンリケたちの食事は、豆と小麦粉をこねて固めた軍用食だ。かじると口の中にねちゃねちゃとこびりつき、中途半端な塩気とあわさって、恐ろしくまずい。クモラが配る白湯がなければ、とても食えたものではない。

最後にクモラが、エンリケの前に白湯を置く。そして、輪の少し外側に座る。

それを合図に、仲間の一人が口を開く。

喋《しゃべ》りだしたのは、カヤスという名前の、背の高い少年だ。生き生きとした声と表情の、この中では一番明るい青年。自然と、仲間たちのリーダー役を務めるようになっている。カヤスがおどけた口調で、いつもの挨拶を始める。

「それじゃ今日一日お疲れ様でした。くそまずい飯ですがたらふく食えくそったれ」

冗談めかしたカヤスの言葉を合図に、皆がもそもそと食事を始める。


食事を取りながら、ぽつりぽつりと雑談が始まる。

彼らに与えられている話題は、多くない。話題の中心は、やはり戦いのことだ。その日、話題になったのは彼らの仲間の一人、ロンケニーという名前の少年のことだった。

「俺はだな、やっぱりお前の能力には欠陥《けっかん》があると思う」

と、カヤスが口を開く。

「俺も」

そう続けたのはササリという名前の少年だ。

「んー、そうかなあ」

ロンケニーは、恥《は》ずかしそうに答えた。彼は、人よりも少し引っ込み思案の少年だった。

彼が使う魔法は、火を操る力だ。口の中で強力な火をおこし、それを火球にして放つことができる。火球の威力はすさまじく、一撃で大木を焼き尽くすことができるほどだ。

「威力がいくら強くたって、当たらなきゃ意味がないだろ。もっとスピードがなくちゃだめなんだよ」

カヤスが、軍用食をまずそうに食べながら、ロンケニーに向かって言う。

「そうそう。それに攻撃射程だな。遠くまで飛ばせるようにしないと」

ササリが続く。

「……うん、俺もがんばってるんだけど」

「とにかく、考えそのものを改めなきゃだめだぜ」

「まったくだ」

カヤスとササリに続き、仲間たちが好き勝手にロンケニーの力を批判する。ロンケニーは恥ずかしそうにうつむきながら、仲間たちの言葉を聞いている。

その中で、エンリケだけが何も言わない。ただ黙って、軍用食を咀嚼《そしゃく》し続けている。

「エンリケは、どう思う」

そうなにげなく、カヤスがエンリケに話題を振った。

その瞬間、和《なご》やかだった空気が急に張り詰めた。エンリケに向けられる視線は、ほかの仲間が交わし合っていたものとは違う。恐怖と、畏怖《いふ》、そしてわずかにこもる殺意が、エンリケに向けられる。

「どうとも思わない」

エンリケは、無言で仲間たちの視線を受け止めながら、それだけを答えた。

「珍《めずら》しいな、エンリケが喋ったぜ」

ササリが肩をすくめる。エンリケに敵意のこもった視線を送る。

「殺しの申し子でも話しかけられれば喋るんだな」

「おい、よせよササリ」

エンリケに挑発の言葉を向けるササリ。カヤスがササリを押しとどめる。

「うるせえな、カヤス」

「待てって言ってるだろ」

と、今度はその二人の間で揉《も》め始めた。エンリケは関《かか》わろうとはしない。ただ黙って、機械的に咀嚼を続けていた。

十人ほどの仲間の中で、誰よりも無口で、誰よりも強い。そして誰よりも殺人と戦闘を愛する。それがエンリケに対する、仲間たちの評価だった。その評価は決して、好意的なものではない。仲間たちはエンリケを畏怖し、疎外《そがい》している。

エンリケは、向けられる恐怖の視線を、何も感じていないかのように、日々を淡々《たんたん》と過ごしていた。

それからも、しばらく雑談が続き、やがて食事が終わる。

「じゃあ、ごちそうさま」

最初にカヤスが食い終えた。その手のなかには、まだひとかけらの軍用食が残っている。その軍用食を、焚き火の隣に敷《し》かれた布の上に放り出した。

「ほらよ、クモラ」

それに続いて、他のみんなも食い残しを布に置いていく。

「俺も」

「ごちそうさま」

どれも一口にも満たない、小さなかけらが布の上に置かれていく。

エンリケ以外の全員が食い終えたころ、カヤスが布の四隅《よすみ》をつまんで持ち上げる。それを、輪の端に座っていたクモラに渡す。

「ほい、クモラ。お前の分」

「皆さん、いつもありがとうございます」

クモラがぺこりと頭を下げ、その包みを受け取った。そして残った白湯をお玉ですすりながら、皆の食べ残しを食い始める。

彼らの行動を、エンリケは奇妙に思いながら見つめ続ける。

いつからこれが始まったのか、記憶していない。いつの間にかこうして残りをクモラにあげるのが、習慣になっているのだ。軍用食のかけらをつまんで、食べ続けるクモラを見ながら、エンリケは最後の一口を腹の中に収めた。


食事が終わった後も、焚き火が消えるまでの間、仲間たちは談笑を続ける。その輪の中でエンリケは、ひたすら黙りこくっている。会話に加わるでもなく、会話を聞くでもなく、ただ黙っている。そんなエンリケに、目を向ける者はいない。

話題はひどく他愛《たあい》ない。天気のこと、海のこと、仲間のこと、クモラのこと。

　ひどく、居心地が悪いとエンリケは思う。目の前で話しこんでいる連中が、どうしてこんなに和やかなのか、エンリケには理解できない。仲良くしてどうするのだろう。偽《いつわ》りの団欒《だんらん》に、何の価値があるのか。いずれ、一人残らず、死ぬ運命だというのに。

　そう思いながらエンリケは、暗い目で仲間たちを見つめている。

　やがて焚き火の火が消えかけ、仲間たちはぼつぼつと立ち上がる。エンリケもまた、けだるく立ち上がる。

「なあ、ロンケニー。明日からもう少し考えて審議しろよ」

　カヤスがそう話してる。

「わかったよ、カヤス。俺がんばるよ」

　はにかむように笑っているロンケニー。そこにエンリケは後ろから近づいていった。

「ロンケニー」

　突然かけられた声に、ロンケニーが驚愕する。

「……………エンリケ」

　ロンケニーが恐怖に染まった声で呟く。

「今夜。俺とお前だ」

　それだけを言って、すぐさまエンリケは立ち去る。

　後ろで目を見開き足を震わせているロンケニー。それには目もくれず、自らの寝床《ねどこ》である洞窟の中に入っていった。

「嘘《うそ》だろ……これから……なのに」

ロンケニーがそう呟いているのが、かすかに聞こえた。

夜がふけ、満月が天高く昇りきるころ。エンリケとロンケニーは二人、洞窟から抜け出していた。二人は砂浜に立ち、正面から向き合っている。二人の距離は三メートルほど。月の光は明るく、互いの顔ははっきりと見ることができる。

「ボラモットは、遅いな」

エンリケが言う。その顔には何の表情も浮かんでいない。深い闇《やみ》をそのまま形にしたような、静かな目つきをロンケニーに向けている。

「……エンリケ」

ロンケニーは赤く充血した目で、砂を見つめている。泣くことに疲れ果てた目だった。エンリケとは対照的に、落ち着きがない。

「なんだ」

「エンリケは怖くないのか?」

「怖くはない」

「……俺は怖い」

「そうか」

エンリケは、何事もないかのように答える。エンリケは、ボラモットの小屋のほうを見つめる。呼びに行こうかと考え、すぐにやめた。

「俺はこんなことしたくない。ハミュッツ＝メセタなんてどうでもいいんだよ」

「そうか」

「俺は、俺は、みんなとずっと一緒にいたいのに」

エンリケは、冷静に答える。

「それは無理だ」

「……無理なのか」

「そうだ。怪物になれないなら、死ぬしかない」

エンリケは、淡々と事実だけを口にする。その喋り方は、信じられないほどぶっきらぼうだ。

ロンケニーは、ふいに顔を上げた。

「エンリケ。お前、殺すのが楽しいのか」

エンリケは、少し考えて答える。

「お前は楽しくないのか」

ロンケニーはかぶりを振る。

「楽しくなんかない」

「そうか」

また、二人は黙る。

それにしてもボラモットは遅いと、エンリケは思った。もうボラモットを待たずにはじめてしまおうか。

そう思ったその時、突然ロンケニーが近づいてきた。

「なあ、エンリケ。これもらってくれないか」

ロンケニーが、懐《ふところ》に手を入れた。中から取り出したものを見てエンリケは少し戸惑《とまど》った。貝《かい》殻《がら》だった。この砂浜で、時々見かける、光沢のある緋色《ひいろ》の貝殻だ。

「いらない」

「お前にやるんじゃない。クモラに渡してくれ」

「クモラ？」

エンリケがさらに戸惑う。

「頼む。これだけは本当に心残りなんだよ」

エンリケは、興味なさげにその貝殻を受け取る。

「お前みたいに、心底《しんそこ》からの殺人者になってたら、もう少し楽に生きれたのかな」

ロンケニーが、そう呟いた。そのとき、声がした。

「来ていたか。早速《さっそく》はじめるぞ」

砂浜に歩いてきたのは、ボラモットだ。

「では実戦練習をおこなう」

月の明るい夜、皆が寝静まったころ、時々こうやって仲間同士での勝負が行われる。

　名目上は、実戦の訓練。しかし、その実態は強者による狩りだった。能力の低い者、伸びる可能性が低い者を消し、伸びる者に経験を積ませるための狩りだ。ボラモットが考案した手法だった。

「はじめ」

　ニヤニヤと、笑いながらボラモットが言う。エンリケの体から、青い火花が散る。ロンケニーの口の中に赤い火がともる。

　海の水で、エンリケは手を洗っている。少しだけ手が焼け焦げている。水ぶくれを破いて塩水で洗う。痛みにわずかに顔をしかめながら、塩を傷に擦《す》りこんでいた。自分の雷撃で、手を焼いてしまったのだった。

「今回もこれでは、練習にならんなエンリケ」

　ボラモットが笑いながら声をかけた。

　勝負は一瞬で終わった。ロンケニーが口から火球を吐く前に、エンリケの雷撃がロンケニーの体を打ち抜いた。エンリケの雷撃に撃ちぬかれ、自分が産み出した火球が口の中で爆発し、ロンケニーの頭部は半分吹き飛んでいた。

　戦力の差は圧倒的だった。速度、精度、破壊力。全ての面で、エンリケの力はロンケニーを上回っていた。

「全く、お前に実戦経験を積ませたいのに、これでは練習にならん。次は二対一でやってみるか」

ボラモットは、布を操り、ロンケニーの体を海に放り捨てる。ロンケニーの体は海の中にしばし漂い、すぐに見えなくなった。

「どうでもいい」

淡々と、エンリケは答える。

「顔色一つ変えないか。まったく、横で見ている俺すら鳥肌《とりはだ》が立つよ。まさに殺すために生まれてきたような奴《やつ》だな」

ボラモットは、そう言って嬉《うれ》しそうに笑った。

エンリケはすでに、四度この戦いに勝ち残っている。近頃は、ほとんどエンリケのための狩りのようになっていた。

「では、もう戻って寝ろ。明日もある」

エンリケは、濡れた手を太ももで拭いながらボラモットに言う。

「ボラモット。もう一度、ハミュッツのことが書かれた『本』が見たい」

ボラモットは困ったものだという顔を見せ、エンリケを指で促《うなが》す。

ボラモットの丸太小屋にエンリケは足を踏み入れる。暖かそうな綿入れのベッドと、洗っていないスープ皿、食い散らかされた白いパン。エンリケたちの生活環境とは比べ物にならない、人間らしい部屋だ。

「全くお前は研究熱心だな。そんなにハミュッツ＝メセタを殺す日が待ち遠しいか」

そう言いながら、ボラモットは小箱をテーブルの上に置き、中から数個の『本』のかけらを取り出す。

これらは、ハミュッツ＝メセタに殺された者たちの『本』。ガンバンゼルがエンリケたちのために持ってきたものだ。

その一つに、エンリケは手を触れる。


一冊目の『本』は、ハイザという名前の武装司書の『本』だ。

深い森の中を、ハイザは走っていた。速い。ただ速いだけではない。走りながら、四方八方から飛んでくる攻撃をかわしていた。ハイザの体術は、エンリケより圧倒的に上だった。恐ろしく速く、しかも正確で無駄がない。ハイザと今のエンリケが戦っても、勝てる可能性は少ないだろう。雷撃を打ち込む前に、銃でしとめられてしまうかもしれない。

「くそ、どこだハミュッツ！」

武装司書ハイザは、追われていた。彼は、武装司書として知り得た機密情報をある国の情報機関に売り渡していた。武装司書は職業柄、国家機密レベルの情報を容易に知り得る立場にいるが、その情報を特定の国や組織に伝えることは、絶対に許されなかった。

彼に送られた刺客《しかく》の名は、ハミュッツ＝メセタ。

弱冠《じゃっかん》二十一歳の彼女は、武装司書の中では新顔ながら、すでにその突出した戦闘能力を周囲に知らしめていた。

「どこだ！　どこだハミュッツ！」

立場上追われているのはハイザだった。しかし、物理的に追っているのはハイザだ。

戦いが始まるとハミュッツはいきなり背中を向けて逃げた。逃げながらハミュッツは攻撃してきた。それがハミュッツの常套《じょうとう》戦術だった。

ハイザはハミュッツを追う。攻撃しながら逃げるハミュッツを、防ぎながらハイザは追っていく。ハイザも速い。しかしハミュッツはそれと比べても圧倒的に速かった。

しかしそれでもハイザは追わなくてはならない。銃を使うハイザの射程距離は、最大で百五十メートル。射程内に捕らえない限り、攻撃することすらできない。

「ぐお！」

と、ハイザは転がった。ふくらはぎから大量の血が噴出していた。動脈をやられた。だが止まるわけにはいかない。攻撃は、途切れることなく襲《おそ》いかかってくる。

いったいいかなる投げ方をすればこうなるのか。強烈な回転を与えられた礫《つぶて》は、蛇《へび》のようにカーブを描きながら襲ってくる。正面から、斜《なな》め横から、真上から、真横から。追っているはずのハイザの後方から襲ってくることすらあった。

一発や二発なら避けることはできる。だが十発も飛んでくれば一つや二つはかする。百発飛んでくれば二十か三十かはかするし、一発や二発は致命傷になるだろう。

やられる前にやらなくてはいけない。しかし、すでにハミュッツはハイザから五百メートル

以上離れているだろう。どこにいるのかすらわからない。ハイザは攻撃する術《すべ》を完全に失っていた。

あとはなぶり殺しだった。

頬《ほお》を切り、肩をかすめ、わき腹をえぐり、手足がもげる。

最後に頭を打ち砕《くだ》いて、ようやく止まる礫弾《れきだん》の雨。

それがハミュッツの必勝の型だった。敵の想定外、射程外からの一方的な攻撃。その型にはまってしまったら、いかなる実力者でも、戦いとすら呼べないなぶり殺し以外に道はない。

両足が千切《ちぎ》れ、銃がどこかに吹き飛んだ。抵抗することをやめたハイザが、天を見上げる。

「……あっけないのねえ」

いつの間にかハミュッツが、ハイザのそばに来ていた。見上げる天をさえぎるように、ハイザを見下ろす。ハイザが見たその笑顔は、獲物を前にした蛇のような、満面の笑みだった。

「まだお前の力は、ハミュッツには遠く及ばない」

『本』に指先を触れるエンリケに、ボラモットが言う。

「だが、ガンバンゼル様についていけばいつか必ず殺せる日が来る。それを疑うな」

「……」

エンリケは何も答えない。次の『本』に指を触れる。

二冊目の『本』は、軍隊の兵士だった。グインベクス帝国軍に所属する、下級兵士だった。

隣のロナ国に侵攻したグインベクス帝国軍は、現代管理代行官から停戦の命令を受けていたが、軍の上層部は一方的にそれを破り、攻撃を再開した。その帝国軍の一隊に相対《あいたい》したのが、停戦監視官として駐留していたハミュッツだった。

兵士たちもすでにハミュッツの名は知っていた。だが、一人の投石器を振りまわす女が、戦闘機や戦車を完備し、さらに魔法を使える特殊戦士を加えた軍隊にかなうわけがない。それが軍の上層部から一般の兵士まで、全員の共通認識だった。

作戦は要塞《ようさい》の堅固《けんご》な城壁でハミュッツの攻撃を防ぎ、上空から飛行機で爆撃を加えながら、砲撃で押さえ込む、典型的な物量作戦だ。ハミュッツのいる土地ごと焼け野原にするような作戦だ。

戦闘開始と同時に、飛行機による爆撃と、要塞に配備された大砲、戦車砲による一斉《いっせい》爆撃。爆撃の間、ハミュッツからの抵抗はなかった。

爆撃を中止すると、次は戦車による突撃。

戦車隊がハミュッツに近づいて行く、その時。

突然、空を飛んでいた飛行機が、炎をあげて落ちた。飛行機は、地上の戦車隊に向かってまっさかさまに落ちていく。

次に、なにか巨大なものが飛んできて、要塞の壁にぶちあたった。それは戦車の砲身だった。

弾を撃つために使うはずの砲身が、弾になって飛んでくる。笑い話とするにも非現実的なその光景。

次に飛んできたのは、戦車のキャタピラ、エンジン機関に、台座、とどめに飛んできたのは、原型をとどめぬまでにねじりへし折られた戦車兵の死体だった。

戦車兵の死体は、要塞の壁に張り付いて、元が人間であったのが信じられないような、薄っぺらな物体と化す。

その凄惨《せいさん》な光景に、兵士たちがパニックになる。

兵士たちは理解した。ハミュッツは、戦車を解体し、それを礫にして投げたのだ。兵士たちは自分たちの思い違いに気がついた。物量で圧倒していたのは、自分たちではない。周りにある全てを攻撃兵器として用いる、ハミュッツのほうなのだ。次々と飛んでくる、砲弾。戦車の部品、戦闘機の部品、岩、引き千切られた鉄条網《もう》、塹壕《ざんごう》で使われていた土嚢《どのう》や木材。

単純な重量と速度のみを武器とするその攻撃は、単純であるからこそ、他のどんな攻撃よりも強力だった。

兵士だった『本』の主《あるじ》が、最後に見たものは、空に舞い上がる人影。逃げようとしていた飛行機が、突然制御《せいぎょ》を失い、錐《きり》もみ状態になって飛んでくる。

冗談だろう、あの女は、飛んでいる飛行機を空中で捕らえて投げたのか。

それが、彼が見た最後の光景だった。

それから数冊、エンリケはハミュッツ＝メセタに殺された者たちの『本』を読んだ。

「戻って、寝る」

そう言ってエンリケは小箱の蓋《ふた》を閉じた。

「エンリケ、次は誰と戦いたい？」

と、ボラモットが聞いてきた。

「誰でもいい」

「そうか、そうだな。この島の全員、お前の獲物か。焦《あせ》ることはないか」

ボラモットは声を殺して笑う。

「楽しいだろう、エンリケ。もっともっと楽しめ。それがガンバンゼル様のためなんだからな」

エンリケは、黙って扉を開け、外に出た。


砂浜を歩きながら、エンリケは立ち止まる。ロンケニーが消えていった、海の辺りだ。エンリケはそこでロンケニーとの戦いを思い返した。戦う前のロンケニーの表情、放たれかけた火球と、放たれた雷撃。エンリケは黒い海を見つめながら、それらを一つ一つ思い出す。

「笑おう」

と、エンリケは呟いた。そして、その顔が歪《ゆが》み始める。頰の肉が無様《ぶざま》に持ち上がる。眉《まゆ》がおかしな形に変形する。目が不自然に細められる。笑顔のように見えなくもない、奇妙な顔に変形する。

「笑おう、笑うんだ」

エンリケは呟き、さらに強く、顔を変形させる。

しかしそれは笑顔ではない。ガンバンゼルと出会う前、船の中でやっていた、笑顔の真似事《まねごと》と同じ顔だ。

「違う」

そう呟いて、エンリケは笑おうとするのをやめた。その顔はまた、元の暗い無表情に戻る。

「……………また、だめだったか」

エンリケは頭を抱えた。

この島にいる全員が、エンリケについて一つ誤解をしている。ボラモットもカヤスも、ササリもロンケニーも、全員が誤解している。生まれながらの殺人者と呼ばれ、誰よりも戦いを愛すると言われているエンリケ。

だがエンリケは一度も、戦うことを楽しいと、思ったことがない。

魔術審議に成功し、雷撃を放てるようになったときも、最初に仲間の一人を殺したときも、次も、その次も、そして今も。一度たりとも楽しいと思ったことがない。

誰かに言えば、驚愕することだろう。エンリケが戦いを好んでいるというのは、島全体の共通認識なのだから。

かつて、ガンバンゼルは言っていた。戦い、殺すことが最上の喜びだと。今、ボラモットは言っている。殺すことを楽しめ、と。

エンリケは、そうしたいと心から思っている。なのにどうして、楽しくないのか自分でもわからない。

どうして、笑えないのだろう。

エンリケは、さっき見たハミュッツ＝メセタの顔を思い出す。ハイザを殺したとき、ハミュッツは笑っていた。グインベクス帝国軍を壊滅させたときも、きっと笑っていただろう。吐き気がするほどおぞましい、あの満面の笑顔。どうして自分は、ハミュッツ＝メセタのように笑えないのだろう。

ハミュッツ＝メセタに聞いてみたい。どうして笑えるのか。何が楽しいのか。楽しいとはどういう気持ちなのか。

誰か教えて欲しい。どうすれば自分は笑えるのか。

エンリケは、空を見上げる。天の満月が傾いていることを認識する。空一面に、星が瞬《またた》いていることを認識する。しかしそれをきれいだと思うことが、エンリケにはできなかった。

次の朝、当然ながらロンケニーの姿はない。しかし、そのことを口に出すものはいなかった。仲間たちの間で実戦のことを話すのは禁忌《きんき》になっている。口に出せば恐ろしさのあまり、心の平衡《へいこう》を保てないからだ。ただ、時々恐怖と絶望の入り混じった視線を、互いに交わし合うだけだった。

「……カヤスさん。余ったの、どうしますか」

白湯を沸かしながら、クモラが呟いた。

「……お前食えよ」

カヤスが言う。

「嫌です」

「ならどうする」

「……ロンケニーさんの分ですから、ロンケニーさんにあげます」

そう言ってクモラは、油紙の包みを袋の中に戻した。

「クモラ、ロンケニーはもう……」

カヤスは何かを言おうとして、言葉を呑《の》み込む。二人は、焚き火を見つめながら、静かな悲しみにくれていた。

エンリケは、その姿を、じっと見続けている。ふと、クモラが顔を上げた。エンリケに見つめられていることに、気がついたのだ。

「あの、どうしましたか」

クモラが怯《おび》えた様子で、エンリケに話しかけてくる。ふとエンリケは、ネズミに似ている思った。大きさといい、雰囲気《ふんいき》といい、残り物を食べるところといい、似ている。

「何も用はない」

とエンリケは言う。クモラはおどおどと体を縮めながら、エンリケから遠ざかっていく。そういえば、クモラのことを見つめたのは初めてのことだった。今までは、道端に落ちている小石のように無関心だった。

どうして今日になって急に、クモラが気になるのか。そう考えたとき、昨日のことを思い出した。ロンケニーが、クモラのことを話していた。貝殻を、エンリケに渡してきたとき、どういうわけかクモラのことを口にしたのだ。

食事を終えたエンリケは、住処《すみか》の洞窟に戻る。吊《つ》られたハンモックの中に、昨日もらった貝殻を置いてきたのだ。二つあるハンモックの、自分が使っているほうをエンリケは探る。

その時、後ろから声がかかった。

「エンリケ。何だそれ」

振り向いたエンリケの前にいたのは、カヤスだった。エンリケとは同じ洞窟で、隣のハンモックを使っている。

「貝殻だ」

エンリケは見たままを答える。カヤスは眉をひそめながら、もう一度問う。

「それは、ロンケニーのものだ。なんでお前が持ってる?」

「昨日の夜、ロンケニーにもらった」

エンリケは正直に答えた。隠す必要はどこにもない。

「そうか、お前がロンケニーを」

一瞬カヤスの目に憎しみが浮かぶ。しかし、すぐにあきらめたように目をそらした。当然だろう。いかに腹を立てたところで、カヤスの能力ではエンリケを殺せない。

「これはなんだ」

エンリケはカヤスに、貝殻を見せる。

「見ればわかるだろ。貝殻だよ」

「こんなものをどうするんだ」

「なんて言っていた？」

「クモラに渡せと」

「……そのままだよ。クモラに渡せばいいんだ」

エンリケは、まだよくわからない。

「何のために？」

「お前、馬鹿《ばか》か？　クモラが喜ぶだろ。女の子はみんなきれいなものが好きだろ」

エンリケには、理解できない。

「たまにな、やるんだよ。貝殻とか、きれいな石とか、鳥の羽とか。珍しいもの見つけたら、クモラにあげるんだ」

「……わからない。そんなことをして何か意味があるのか」

エンリケはかぶりを振る。

「わからないならそれでいいだろ。お前には関係ない話だ。それよこせよ。お前、どうせ渡す気ないだろ」

エンリケは少し逡巡《しゅんじゅん》する。多少気になってはいるが、クモラのことも貝殻も、エンリケにはどうでもいいことだ。エンリケは貝殻をカヤスに放り投げる。

その時、洞窟の入り口から二人に声がかかった。

「カヤスさん。エンリケさん。魔術審議の時間です」

「クモラ、ちょっとこっち来て」

カヤスが手招きする。

「どうしたのですか？」

「これ、あげる」

カヤスが、クモラの小さな手を取り、その上に貝殻を載せた。クモラは少し驚いた表情で、その貝殻を見つめる。

「………きれいな貝殻」

クモラが呟き、指先でいとおしそうに貝殻を撫《な》でる。

「珍しいだろ。その色は」

「はい。カヤスさん、ありがとうございます」

「………いや、礼はロンケニーに言って欲しい」

「ロンケニーさんに？」

その時、エンリケは見た。貝殻を撫でるクモラの顔が、わずかにほころんだのを。目の前に立つカヤスも、クモラ自身ですら気がつかないほど小さく、微笑《ほほえ》んだのを。

衝撃を受けたのは、その顔が美しかったからではない。

その顔が、まぶたの奥に刻《きざ》まれたレーリアの姿と重なったからだ。

微笑んだのは、ほんの一瞬のことだった。クモラの顔は、すぐにいつもの無表情に戻った。

「どうした、エンリケ」

呆《ほう》けているエンリケに、カヤスが声をかける。

「……今、笑った」

エンリケが呟く。そのエンリケを、いぶかしげにカヤスが見つめる。

「何言ってるんだ。行くぞ。ボラモットの野郎が待ってる」

エンリケは、それどころではないと思った。笑ったのだ。自分の前で。あの日の、レーリアと同じように。

「おい、早く来いよ。馬鹿野郎」

カヤスが、エンリケを促す。エンリケは後ろ髪を引かれる思いで、カヤスのあとに続いた。

その日からエンリケは、今までとは違った目で、クモラを見るようになっていた。

第五章 自責の魂、聖浄の眼

次の日、ノロティはザトウがいた倉庫に足を運んでいた。

倉庫にはまだ、破壊の跡《あと》が残り、倉庫の関係者らしき男たちが顔をつき合わせて話していた。倉庫の中を覗《のぞ》き見るが、ザトウの荷物や彼の痕跡《こんせき》はない。ノロティはその場を離れる。

次に向かった場所に、彼はいた。ノロティはその顔を見たとき、どこか安心感を覚える自分がいた。

しかし、ノロティが思っているようにはザトウは思っていないのだろう。あからさまに迷惑そうな顔で、ノロティを見る。

ザトウがいたのは、ノロティがザトウをはじめて見た、路地裏の空《あ》き地だった。ザトウが殴られ屋をやっていた場所だ。最初に会ったときは、人だかりができていた場所だが、今はザトウ一人が看板の横にぽつんと座っている。

「……何の用だ」

ザトウが、ぼそりと言う。

「昨日言ったとおりです。あたしの任務はザトウさんを助けることですから。どうにか、助ける。


「ここ、座っていいですか？」

　ノロティがザトウの横を指差す。ザトウが何も答えないので、ノロティは勝手にそこに座る。

　心底《しんそこ》迷惑そうな顔で、ザトウはため息をつく。

「られないかなと思って来ました」


「……」

　ザトウは何も言わない。ノロティに殺せとは言ってこないのは、あきらめたからだろうか。

「お客さん、来てませんね」

「昼間だからな」

　そう言いながら、ザトウは人通りの少ない道を眺《なが》める。

　互いに何も言わないまま、日が傾き、暮れて、夜になった。

「お客さん、来ませんね」

　日が暮れてから人通りが増えだした暗い路地。道行く人たちが、ザトウとノロティの姿を見ると、ひそひそと言葉を交わしながら避けるように通り過ぎていく。道行く人の一人が、ノロティを指差してささやいている。

「おい、あれ武装司書の……」

「おっかねえ。あれで百人だか二百人だか殺してんだぜ」

「目あわせるな。殺されるぞ」

「どんなバケモンだよ」

どうやら、ノロティの攻撃に耐え切ったということが、どういうわけか街の噂《うわさ》になっているらしい。たしかに、見習いとはいえ武装司書の攻撃に耐え切った男を、倒せると思う人間は少ないだろう。

「お客さん、来ませんね」

「お前のせいだ」

「……ごめんなさい」

「かなり、迷惑している」

ザトウは憮然《ぶぜん》とした表情で言った。

「そういえば、何でお金欲しいんですか？」

と、ノロティが聞いた。かねてから、実は疑問に思っていたことだった。

「………バントーラ図書館に行くつもりだった。武装司書が集団でやれば、間違いなく俺を殺せる。バントーラは遠いから、旅費もばかにならない」

「それがあるじゃないですか」

ノロティは、ザトウの隣に置かれた金の束を指差す。ザトウはあごで、見てみろと示す。ノロティが手にとって見ると、札束にしては妙に軽い。一番上と一番下だけが本物の金で、あとは新聞紙だった。

「……ひっどい」

「かまわない。俺が倒されることはない。それに、俺を倒せるものがこの街にいるならバントーラに行くまでもない」

「……でもひどいですよこれは。ぼこぼこにされますよ」

「それを望んでいると言っているんだ」

ノロティは、ため息をつく。まったく困った人だ。

それからしばらくたって、ノロティは立ち上がる。

「さて、そろそろ帰りますね」

「お前、何をしに来たんだ？」

ザトウが聞くのは当然だろう。日がな一日、ザトウの横に座っていただけで、何もしていない。

「助けようとしたんですが、何もすることがなかっただけです」

「まだ、俺を助けるつもりなのか」

「はい」

ノロティが頷《うなず》く。

「正直、昨日の一件で、ザトウさんを止めるのは無理かもしれないなと思っています」

「……」

「だから、殺す以外の方法でなにか助けになれないかなと思いました」

心底困り果てた、という表情でザトウが頭を掻《か》き毟《むし》る。

「お前の馬鹿《ばか》は底なしか」

「お互い様だと思います」

ザトウはもう付き合っていられない、とばかりに帰り支度《じたく》を始める。

「ザトウさん。また明日」

戻ろうとしたザトウが、振り向く。

「ノロティ、一つ聞く」

「なんですか？」

「俺はかって、たくさんの人を殺した」

「………」

「………俺を助けるということは、俺が殺してきた人の命を冒瀆《ぼうとく》するということだ。それがわかっているのか？」

その問いは、今までの言葉とは少し違った。やめろ、ではなく、それでもいいのか、とはじめてザトウが問うた。

「死ぬことで償《つぐな》いたいんですか」

「償う方法は、死以外にない」

「どうして死ねば償うことになるんですか？　誰だって死ぬのに。

皆、当たり前にやることを、当たり前にやったたって、償うことにはなりませんよ」

しばらくの間、ザトウは悩んだ。そして、渋い声で言った。

「わかった。好きにしろ」

はじめてザトウが言い分を聞いてくれた。ノロティは少し嬉《うれ》しい。顔がほころぶ。

ノロティの顔を見て、ザトウがふいに言った。

「お前も、笑えるんだな」

「え？」

「いや……なんでもない」

ザトウは、目を伏せて、ノロティの視線から逃げる。ノロティに背を向け、夜の街に静かに消えていった。


ノロティは間借りさせてもらっている保安官事務所に戻った。中には夜警の宿直が一人いるだけだった。ノロティはソファに座り、ほっと息を吐く。

とりあえず、今日のところはこれでよしとしよう。

しかし、こんなことをしていて、いいのだろうか。ルイモンさんの『本』を取り返すことだってしなきゃいけないのに。

だが、ザトウを助けるという任務とルイモンの『本』を取り返すことを両立させるのは今の状態ではできそうにない。とりあえず、明日もこの調子でいってみよう。そのうちザトウさんに、口を開かせることができるだろう。

と、そのとき保安官長が話しかけてきた。

「なんか今日、変な髪の奴《やつ》と一緒にいたらしいですね。どうしたんですか?」

さて、どう説明したらいいものか。

「重要参考人、みたいなものですね」

「その割には一日何もせずに座ってたって聞きましたけどね」

保安官長は不審《ふしん》の目でノロティを見る。

「あなたまさか男の人に入れあげてるなんて」

「ちょっと、な、なに言ってるんですか。やめてくださいよ」

ノロティは両手をぱたぱた振って否定する。

「ま、そんなことはないと思いますけれども、頼みますよ、本当に」

「うう、頼りにされてませんね」

ノロティはため息をつく。保安官長は少し、真剣な顔になって言う。

「なんか、聞いた話ではバントーラ図書館にとんでもないのが現れたらしいじゃないですか」

ノロティの顔が厳《きび》しくなる。

今回の事件については最大級の情報管制を敷《し》き、各国政府や報道局にも全く情報を流していない。だがそれでも、人の噂というものは止められないものらしい。

「ルイモンさんの件とは、関係ありませんよ。第一図書館とここじゃ遠すぎますって」

「しかしね、トアット鉱山の事件だってありましたし……」

「大丈夫です。何も問題ありません」

ノロティは力強く言う。あんまり強く否定したので、かえって嘘臭《うそ》くなったかもしれないが。

「……まさか、この街に『怪物』がいるなんてことありませんよね」

と、保安官長は不安そうに言った。ノロティは跳《は》ね上がる心臓を抑え込む。

「そんな、荒唐無稽《こうとうむけい》なこと言わないでください」

「なら、いいんですけれども」

保安官長は、会話をやめ、自分の机に戻っていく。ノロティは、ほっと胸をなでおろした。

それにしても、とノロティは思う。あの人が『怪物』ではないという保証もないのだ。なんとなく、『怪物』ではないという方向で動いてはいるが。

ノロティは、とある武装司書の顔を思い浮かべる。こんなときに、ミンスさんがいてくれれば、一発でわかるのに。


同じ頃、ザトウは小さなホテルの一室にいた。もう一晩ここに泊まり、明日から新しいねぐらを探そうと、ザトウは考えている。やわらかいベッドには目もくれず、床の上に転がる。ベッドで寝るのは、慣れていないので逆に寝苦しい。

床の上に転がったザトウは、ノロティの顔を思い浮かべた。

どうにもあの少女に、ペースを握られているような気がする。

「何か、願い事はありますか」

そう言った、ノロティの言葉を、ザトウは思い返す。その時、口を滑らせそうなった自分を、ザトウはかろうじて抑えた。

「自分は、笑いたい」

そう、言ってしまいそうになった。言ってしまわなくて、本当に良かった。なぜならそれは、もう捨てたはずの願いだからだ。

ザトウは目を閉じ、眠りにつこうとする。ザトウは自分の手が、また震えていることに気がついた。

「またか」

ザトウは寝たまま指を摑《つか》み、へし折った。硬《かた》く引き結んだ口の中で、痛みを押し殺しながら、指の関節を逆側に折り曲げていく。人差し指からはじめて薬指に来たとき、ようやく震えが止まった。指は、もぞりもぞりとうごめきながら、元の形に再生していく。

前よりも少し、震えがくる回数が、頻繁《ひんぱん》になってきている。早く死を得なくてはならない。

手の再生が終わり、ザトウは目を閉じて眠りにつこうとする。少したって、またザトウは跳ね起きた。

また、手が震えている。ザトウは短剣を摑もうとする。しかし、左手も震えていて、うまく持てない。

「くそ……」

ザトウは、震える両の手にかぶりつく。骨に歯を立て、ぎりぎりと嚙《か》み締める。再生し、嚙み締め、また再生する。しかし、震えが止まらない。痛みを与えれば収まるはずの震えが、止まらない。

ザトウは震える手で、自《みずか》らの顔を殴打《おうだ》する。両手を顔面に、腫《は》れあがるほど強く、何度も何度も叩《たた》きつける。震えが止まったのは、ザトウが意識を失う直前だった。


「……………ノロティさん！　何してんです！」

保安官事務所のソファで眠りこけていたノロティは、その声にたたき起こされた。頭の上に、保安官長のひげがある。

「な、なにか」

「寝てる場合じゃありません。あの『怪物』がこの街に！」

その手には、新聞が握り締められている。内容は読めないが、「怪物」という字や「武装司書」と言う字が目に入る。

「そういう噂が？」

「噂どころじゃありません。目撃報告が入っているんです。北西地区の屋根の上に、黄金の兜《かぶと》の男がいると！」


同日、同時刻。バントーラ図書館、執務室。イレイアは各地からの報告をまとめた書類を睨《にら》み続け、その横でミレポックが各地の武装司書らと思考共有を行っている。

イレイアは頭を抱えている。『怪物』が見つからないことに加えて、各地で『怪物』の存在が噂になりかけているのだ。各国の政府や警察関係者には口止めができても、情報に飢《う》えた新聞記者や一般市民たちは抑えておけない。このまま情報を伏せ続けていると、世界中に不安が広がり、武装司書に対する信頼も薄れていく。最悪の事態、バントーラ図書館最大の禁忌《きんき》である、神溺《しんでき》教団の存在までもが明るみに出かねない。

「こんなときにハミュッツさんは……」

とイレイアが呟《つぶや》く。さすがにその口調からは、ふだんの穏《おだ》やかさが失われつつある。

その時、隣で思考共有を受けていたミレポックが、目を開いた。

「ミンスさんから、最優先です」

「なんて?」

イレイアが身を乗り出す。

「イスモ共和国のブジュイで、『怪物』らしき人物を見つけたと」

「らしき?」

イレイアが、眉《まゆ》をひそめる。

「はい。そう言いました」

「おかしいわ。ミンスさんの能力で、『らしき』はありえないでしょう」

「しかし、そう言っているんです。もう一度共有を試《こころ》みます」

ミレポックが、目を閉じ、思考を送る。

「思考は届いてはいますが、応答がありません。どうやら戦闘中のようです」

ノロティは保安官事務所を抜け出して一人走っていた。保安官たちは、ついてこさせない。たとえ銃で武装している彼らでも、ノロティやあの『怪物』にとっては一般人と変わりはない。

走りながら、ノロティは考える。まさか、とは思う。だがそれ以外には考えられない。『怪物』はザトウさんなんだろうか。

目撃したという場所に着く前、道を駆け抜けていたノロティの視界を、鮮やかな黄金色が横切った。豹《ひょう》のように屋根と屋根の間を跳《と》ぶ、黄金の兜と黒いマント。それが右から左に横切るのを、ノロティは見た。

ノロティは屋根の上に駆け上り、その背中目指して飛び跳《は》ねる。自分より速い。このまま走っていては追いつけない。ザトウさん、と呼びかけるかどうかノロティはためらう。

そのとき、後ろから誰かが、屋根の上を走ってくることに気がついた。

ノロティは振り向き、その人影を見る。

「ザトウさん！」

ノロティは安堵《あんど》の声を上げた。ザトウは、やはり『怪物』ではなかったのだ。

ザトウは透明の髪をなびかせながら、大きく跳ね、ノロティを飛び越して追い抜く。

追い抜きざま、ちらりとノロティを一瞥《いちべつ》した。『怪物』とザトウは見る見るノロティを引き離していく。ノロティも息を切らせながら走り続ける。

ノロティは引き離されていくが、ザトウには止まってやるつもりはない。そのうち追いついてくるだろう。それよりも、前を走る『怪物』を追うほうが大事だった。

その『怪物』を見たのは、朝だった。部屋の中で自分の顔を殴りながら、いつしか気を失っていたザトウは、朝の光とともに意識を取り戻した。そのときまで気がつかなかったのは、不覚であった。

屋根の上にたたずむ、黄金の兜。その哄笑《こうしょう》をたたえる目が、窓の外からじっとザトウを見ていたのだ。周囲からはすでに人が集まりだし、ざわついていた。

ザトウはすぐさま窓を蹴破《けやぶ》る。『怪物』は一瞬たりとも戦うそぶりを見せず、逃げ出した。ザトウが港を走る。おびき寄せられていることには、すでに気がついていた。

港を横切り、船着場を走り抜けて、街の外に。

街を出ると、北へ果てしなく、海岸線が延《の》びている。

と、そこで『怪物』が立ち止まった。周囲に人影は見えない。戦うのに適した、人気《ひとけ》のない場所に移動するのが目的と見ていいだろう。

人気のない場所までわざわざ移動するとは、『怪物』らしくないとザトウは思う。

振り向いた『怪物』にザトウが言う。その両手に、雷撃の火花が散る。

「まず、一つ聞こう。お前は何者だ」

怪物は無言だった。かすかに肩で息をしている。

「……ガンバンゼルは何のつもりだ」

なおも、無言。攻撃をするそぶりも、逃げるそぶりも見せず、ただマントを揺らしている。

ザトウは語りかけるのをやめた。ザトウが走る。その拳《こぶし》が固められ『怪物』を襲《おそ》う。

マントの下から、浅黒い手が伸び、その拳を受ける。返しの蹴《け》りをザトウが肘《ひじ》で跳ね返す。

互いに能力は使わない。様子見とでも言わんばかりに、素手《すで》での打ち合いが続く。

前蹴りを両手で防いだザトウが、反動を利用して後ろに退《ひ》く。ザトウの手が青白く光り、小手調べの終わりを告げる。

「行くぞ、偽者《にせもの》」

ザトウの言葉。それと同時に、マントの中から、『怪物』が剣を出した。

鉈《なた》のような、幅広《はばひろ》の分厚い剣。『怪物』がそれを軽く前に放り投げる。その剣に、雷撃が落ちる。雷撃を防いだ隙《すき》をつき、『怪物』が前に跳ぶ。

甘い。ザトウはその動きを読んでいた。

『怪物』より先に、前に跳んでいたザトウが、剣を踏みつける。『怪物』は直前で止まり、砂を巻き上げて後退する。

「………なんだ、お前。弱いな」

ザトウが拍子抜《ひょうしぬ》けをした顔で言う。

「そろそろ、正体を見せてもらおうか」

そのとき、初めて『怪物』が口を開いた。

「そうだなあ、本物にはかなわねえや」

その声に、聞き覚えがあることに気がついた。そういえば、今踏んでいるこの剣にも。

「しかしおめえよ、こんな手に引っかかるかよ」

『怪物』がそう言いながら、黄金の仮面に手をかける。そこへ、ノロティが息を切らせて駆けつける。

「うわ、は、はじまってる。ザトウさん、大丈夫ですか！」

とザトウに駆け寄り、『怪物』に向けて拳を構える。

「なんじゃ、ノロティ、拳向ける相手、間違えてるんと違うか」

『怪物』が仮面をはずす。

「……お前は」

「ミンスさん」

ザトウとノロティは同時に口を開いた。仮面の下から現れたのは、武装司書ミンス＝チェザイン。『怪物』と戦った三人の武装司書の一人だった。

「久方ぶりじゃの、『怪物』くんよ」

そう言って、ミンスはにやりと笑った。

ミンスは、兜とマントを海に投げ捨てる。その下にはいつもの、趣味の悪いジャケットを着込んでいた。

「何してるんですか。ミンスさん」

「何しとるはこっちの台詞《せりふ》と違うか？」

　ミンスはつかつかとノロティに歩み寄る。いきなり頭を、ノロティの額《ひたい》に叩きつけた。

「い、痛あ」

　ノロティがおでこを押さえてうずくまる。その様《さま》をザトウが呆然《ぼうぜん》と見ている。

「お前はよ、ルイモンの『本』探してるんと違うか？」

「え？」

「何でこいつと一緒にわしを追いかけ回してんじゃ」

「だって、『怪物』がいるから、ぐぎゃ！」

　ミンスはもう一発頭突《ずつ》きを入れた。少しジャンプをしてからの頭突きに、隣で見ていたザトウすら顔をしかめる。

「いつまでたっても『本』を取り返して来んと思ったら、ずいぶんええ男ひっかけたのお。かわいいふりしてずいぶんやるじゃないの」

　そう言いながら、ミンスは砂に叩きつけられたノロティを引き上げる。

「『怪物』くんよ。わし、こいつにこれから教育的指導をせにゃいけんから、少しここで待っててくれんか」

　ノロティの首根っこを掴んで、ミンスがずるずると引きずって行く。

「……ミンス＝チェザイン、何のつもりだ」

「簡単じゃないの。『怪物』のふりして、お前を釣ろう思ったら、こいつまで釣れたってことよ」

と、そこでノロティが口を挟《はさ》む。

「……ちょっと待ってください。あの人は『怪物』じゃありません」

「ふうん。お前はそう思うの」

ミンスはノロティの顔をしげしげ眺める。そして今度はザトウにたずねる。

「そうなのかい、ザトウくん。お前『怪物』とは違うんか？」

「いや、俺は『怪物』だ」

「だとさ、ノロティ。で、バントーラ図書館で戦ったのも、お前か？」

「そうだ。お前と、二丁拳銃の男と、細剣の女。その三人と戦ったんだ」

「そうかい」

ミンスはにやりと笑う。

「ま、ともかくお前はあとだ。そこで待っていろよ。こっちの用が済んだら殺しに来るからな」

「ああ、待っている」

ミンスはノロティを連れて街のほうへと歩いていった。ザトウは黙って、その後ろ姿を見送った。

「……逃げたか」

と、ザトウは呟く。軽口で相手の気勢をそぎ、戦いを回避するという手段もある。おそらくノロティへの頭突きも、ザトウの戦意をうやむやにするためのものだろう。彼の能力は知らないが、戦闘重視のタイプではないと、二丁拳銃の男が言っていた。こういう技術も生き残るための術なのだろう。

何はともあれ、これで終わりだとザトウは思う。バントーラ図書館から本物の武装司書がやってきた以上、自分は間違いなく殺される。あとはここで待っていれば、ミンスと応援の武装司書が自分を殺しに来るだろう。

少し時間はかかったが、ようやく自分は死ねる。ノロティとの茶番も、これで終わりだ。

そのとき、急に頭が痛んだ。

「……なんだ？」

ザトウは顔をしかめる。頭が膨張《ぼうちょう》して、中から破裂するような錯覚《さっかく》。


ノロティは、ミンスに引きずられて、街に戻された。保安官事務所の近くまで来て、ようやく解放される。ノロティの首根っこから手を離したミンスは、あたりを見渡す。そして、懐《ふところ》から小さな瓶《びん》を出して、中を見つめた。

「あいつ、本当についてきてねえのかよ」

「それ、モッカニアさんの羽アリですか」

瓶を覗きこむミンスに、ノロティが問いかける。

「ああ。借りてきたんじゃ。ザトウに監視をつけとかにゃな」

瓶の中には、一匹のアリがいる。そのアリは、普通のそれよりも少し大きい。モッカニアという武装司書が、魔法で改造した女王アリだ。現在、数匹の羽アリがザトウの周辺を飛びまわっている。ザトウに何か異変があれば、それが瓶の中の女王アリに伝わるのだ。

「ザトウさん、どうしていますか」

女王アリを覗き込みながら、ミンスが答える。

「大人しく待っているらしい。なんなんだ、あいつは」

そう言って、ミンスはノロティに向き直る。

「さて、ノロティ、あいつはなんなのか話してもらおうか」

ノロティは、迷う。ハミュッツの命令は、武装司書仲間にも知らせてはいけない極秘《ごくひ》任務だ。話せるものではない。

「あたしにもわからないんです。『怪物』かもしれないとは思ってるんですが、そうとも言い切れなくて……」

「お前、今まで何してたんじゃ。ルイモンの『本』を取り返すのが任務だろ」

「実は、それとは別に任務を負っているんです。詳《くわ》しいことは話せません」

「……そんなん、聞いておらんぞ」

ミンスは、あごに手を当てて悩む。

「あたしこそ、聞きたいです。あの人は、自分が言うとおり『怪物』なんですか？　ミンスさんの能力なら、わかるはずじゃないですか」

「わからんから、聞いてるんだ。何者なんだ？　あのザトウいうのは」

「……え？」

「わからんのだ。あれは『怪物』ではないんじゃ」

ミンス＝チェザイン。彼は戦闘を得手《えて》とする武装司書ではない。彼の真価は犯罪の捜査。特に人の探索に特化している。

彼の能力は、聖浄眼《せいじょうがん》と呼ばれている。人の魂《たましい》そのものを、見ることができる能力だ。ひとたび発動すれば、その人の精神状態、性格、嗜好《しこう》など、心の形が透けて見える。地味に見えるが、犯罪者や容疑者への尋問《じんもん》、味方の裏切りの発見、部下の適性審査など、さまざまな形で役に立つ能力である。

「わしが見た『怪物』の魂は、相は凶、思考は私利《しり》、望みは混沌《こんとん》。あのザトウいうんは、相は愚、思考は虚無、望みは贖罪《しょくざい》。何度見ても、『怪物』とは似ても似つかんのだ。

心変わりがあったとか、二重人格とか、そういうのも考えられん。完全にどう見ても別人にしか見えん」

「じゃあ、やっぱり違うんですね」

「だがの、あいつが『怪物』でないわけがないんじゃ。雷撃、超回復。それに何より、手を合わせた感触というか、そういうものが似てるんよ。

何よりな、あいつは自分が『怪物』だと言った。

『怪物』と同じ背格好《せかっこう》。『怪物』しか知らぬことを知り、『怪物』と同じ力を使い、自分は『怪物』だと言っている。にもかかわらず、それが『怪物』じゃないとは、どうゆうことじゃ？」

ミンスは、ノロティを睨みつける。

「さて、話してもらおうか。お前が今までしてたこと。極秘任務なんて聞いておらんからな。言うとくが嘘ついたら即バレるぞ」

「うう……」

ノロティは観念する。ハミュッツに連れられてザトウと会ったところから、全《すべ》て語り始める。

話し終えると、ミンスは驚愕《きょうがく》の表情でノロティを見た。

「お前、ほんとに代行に会ったんか？」

「……はい」

「おばちゃんが出した通達、来てないのか？」

「な、なんですか、そんなの聞いてません」

「代行な、今、行方《ゆくえ》不明なんだぜ」

「な、なんですか、それ。代行ですよ！」

「あの女、とんでもないことしやがったんじゃ」

十日ほど、前のことである。図書館が『怪物』の襲撃《しゅうげき》を受けてから一月《ひとつき》。ハミュッツ＝メセタは館長執務室に座っていた。ミレポックを通じて各地から報告を受け、それらを総合して判断し、指示を送る。また、触覚糸を張り巡《めぐ》らせて周囲を警戒《けいかい》し、襲撃に備える。

黙々と仕事をこなしていたハミュッツが、立ち上がったのは、まったく突然のことだった。

「やーめた。ミレポ、お仕事やめていいよ」

そう言いながら、ハミュッツはペンを後ろに放り投げた。隣にいたミレポックが、思考共有を中断する。

「代行、やめたとは？」

ハミュッツが、頭を掻きながら立ち上がる。

「ねえ、ミレポ。イスモからおばちゃん呼び戻してくれる？　ここは君とおばちゃんに任せるからさ」

ミレポックは、いきなりの命令に戸惑《とまど》いながら、問いかける。

「代行も捜索隊に加わるのですか？」

「いや、捜索なんかしないよ。あいつと戦いに行くだけ」

「………は？」

ミレポックが間《ま》の抜けた声を出す。

「こんなにさあ、みんな集めて探し回らなくたっていいじゃない。『怪物』とわたしが戦って、決着つければそれでよくない？」

「失礼ながら、おっしゃっている意味が理解できません」

「だからさ、あいつはわたしと戦いたいって言って来たんでしょ？　だから、わたしと戦えば

でまとまっているはずですが」

「失礼ながら、代行。『怪物』を発見し、有力な武装司書、四人以上で戦うと、そういう方針でまとまっているはずですが」

「そんなの、どうでもいいわよ。わたしはねえ、戦いたいの。あいつと。それだけよう」

ハミュッツが、そう言って笑う。ミレポックが怒りを込めて問いかける。

「……代行、トアット鉱山のときに単独で戦い、死にかけたことをお忘れですか？」

「あ、シガルのあれね」

ミレポックが、思いとどまらせようといった言葉が、逆効果となる。

「あれはねえ、いい思い出よねえ。わたし心底負けたのあの時だけだもの」

ハミュッツが立ち上がる。

「あんな相手に会えるなら、是《ぜ》が非《ひ》でも行かなきゃいけないわ」

「……本気でおっしゃっているならば、失礼ながら精神の平衡《へいこう》を疑わざるをえません」

「あら、ミレポ。ちょっと減点よ」

ミレポックに向けて、人差し指を一本立てる。

「君はまだ、わたしが正気だなんて思ってたの？」

「それ以降、代行は行方をくらまして、一人で『怪物』を追っとる。イレイアおばちゃんは激怒しとるわ。仮にも神の代理人が、戦いたい、なんて理由で単独行動するなんて、何事か、とな。

　それから、代行が何をしてたのか。何を考えて、お前に命令を出したのかはわからん」

　ミンスが、語り終える。ノロティは唖然《あぜん》としてミンスの話を聞いていた。

「代行は何を考えてるんですか？」

「知らんわ。それはわしのほうが聞きたいわ」

　ミンスが憮然として言う。

「何のために、あたしに命令を出したんでしょう」

「それもわからん。だが、あの人の目的は一つだからの」

「………『怪物』と戦うということですか」

　ハミュッツの狙《ねら》いがわからない。自分は今まで、ハミュッツの命令どおりに動いてきた。だがそれは、何のために出された命令だったのだろう。

『怪物』のようで『怪物』ではない男。『怪物』と戦いたがっているハミュッツ＝メセタ。何か、ひどく嫌な予感がした。自分はハミュッツ＝メセタに、利用されていたのではないか。ハミュッツの、『怪物』と戦いたいと言う欲望をかなえる、駒《こま》にされていたのではないか。

　二人は頭を突き合わせ、悩み続ける。ザトウの正体。ハミュッツの狙い。わからないことだらけだった。

　しばらくたって、ミンスが口を開いた。

「もしかしたらの話だが、あいつの正体、わかるかもしれん」

「え？」

「あの、透明の髪の毛。あれと同じ髪を持ったものが、歴史上記録されておるんだ。髪の毛の色とその人の能力がイコールで結ばれることは多い」

「どういう能力ですか？」

「……『本』食いという能力だ」

百年ほど前、一人の少年がいた。美しい透明の髪の毛と、『本』食いと呼ばれる能力の持ち主。

彼は功績も悪行《あくぎょう》も、後世に残したわけではない。その名は魔術研究史の片隅《かたすみ》に、ポツリと記載されているに過ぎない。

彼は魔術研究家たちの見ている前で、一冊の『本』を口にあてた。それは一人の魔術師の『本』だった。『本』は見る間《ま》に砂となり、彼の口の中に流れ落ちていった。

それからすぐに、わずか十歳の、魔法使いとしてなんの研鑽《けんさん》をも積んでいない彼が、魔法を使えるようになったのだ。

さらに彼は次々に、『本』を食い続けた。法律家の『本』を食えば法律をそらんじ、剣士の『本』を食えば剣を操《あやつ》り、政治家の『本』を食えば見事な政治理念を演説した。

しかし、しばらくたって彼は、体の不調を訴えるようになった。頻繁に襲いかかる手の震え。精神の不安。人格の分裂。そして、自傷行為。

少年は言った。

「助けて。沼の中から出てくる。僕が奴らに食われていく」

少年の食った『本』が、反乱を起こしているらしいことを研究者たちは突き止めた。だが助けようにもなす術《すべ》がない。少年は不調を訴え始めてから一年を待たず、死んだ。

その後発見された彼の『本』は、大きさが通常の『本』の数倍あった。『本』に触れると数人の記憶が同時に流れ込み、読んだものの精神を壊すと言われている。その『本』はバントーラ図書館の第五封印書庫に収められている。


「そんな力が………」

ノロティは呟いた。

「確証はない。だが、そう考えるとしっくりくるわ。

あいつは、『怪物』の『本』を食い、精神を『怪物』に乗っ取られた。そして、あいつは『怪物』を抑えるために、死のうとしている。代行は『怪物』と戦うために、あいつを死なせないように、とお前に命じた」

「………じゃあ、ザトウさんは」

「『怪物』に、乗っ取られかけているのかもしれん」

ミンスとノロティが顔をつき合わせているのと、同じ時刻。

ブジュイの中央街にあるホテルの一室に、二人の人物の姿があった。彼らは最上級のホテルの、最上階を占有し、ブランデーを垂《た》らした紅茶の香りを楽しんでいた。

「……へえ、ミンスやるわねえ。『本』食いに気がつくなんて」

二人のうち、片方が口を開いた。ハミュッツ=メセタである。

目を閉じ、体から触覚糸を放出して、ミンスとノロティの動向をさぐっていた。

「これは、思ったより早く決着つくかなあ。そろそろわたしが手伝おうかと思ってたけど、その必要もなさそうね」

「ふむ……おぬしの思惑《おもわく》どおりに進んでいるということだな」

そうハミュッツに声をかけたのは一人の老人。神溺教団の真人《しんじん》にして、怪物を産み出した張本人である、ガンバンゼル=グロフだった。元来仇敵《きゅうてき》である彼らが、ホテルの一室で殺し合うこともなく向き合っていた。

「しかし、ハミュッツよ。これからどうなるのじゃ。このままでは、武装司書がバントーラから来て、ザトウが殺されてしまうではないか」

「うん、そうなるわね」

「何のためにあの小娘を送ったのだ。役に立っとらんではないか！」

ガンバンゼルが激昂《げっこう》する。ハミュッツは目を閉じたまま、悠然《ゆうぜん》と答える。

「ノロティの出番はこれからよう。大人しく見てなさいよう」

「しかし、ハミュッツよ」

「黙れ」

ハミュッツは、かすかに目を開けてガンバンゼルを睨みつける。ガンバンゼルは、う、と一声漏《も》らし、気圧《けお》されて黙り込む。

「もう少し待ちなさい。ここから面白《おもしろ》くなるところだから」

そう言って、ハミュッツは笑う。

「そろそろ、ザトウくんのほうも盛り上がってきたところねえ」

ハミュッツが触覚糸を砂浜で待つザトウのほうに送る。その顔は、おぞましく微笑《ほほえ》んでいる。迫り来る戦いに、ハミュッツはうずうずと体を火照《ほて》らせていた。

「はやく、はやく、復活しなさい、『怪物』くん。はやくわたしを楽しませてねえ」

さらに同時刻。ザトウは、手の震えを抑え込もうと悪戦苦闘していた。皮膚《ひふ》を掻き毟《むし》り、肉を削《けず》る。すでに骨が露出しているにもかかわらず、その手の震えが止まらない。にじむ脂汗《あぶらあせ》は、痛みだけのものではない。

「……………こんな、こんな、こんなことが」

ザトウは、必死に体を掻き毟る。こんなことは今までなかった。肉を削り痛みを与えれば、あいつは体の中に下がっていった。だが、今は違う。

突然、目の前が暗くなっていく。意識が体内に引きずり込まれていくのをザトウは感じた。

顔を突き合わせ、悩み続けるノロティとミンス。二人の沈黙を、異音が破った。瓶の中で女王アリが羽をばたつかせた。ザトウに異変が起きたことを告げていた。

ミンスが女王アリを覗き込み、緊迫した声で言う。

「……ノロティ、当てが外れたの」

「どうしたんですか」

「あの野郎、逃げやがった」

ノロティは思わず声を上げる。

「そんな！　あの人は逃げるような人じゃ」

ミンスは最後まで聞くことなく、走り出す。

「……どうもこうもあるか。追うぞ！」

走りながら、ミンスが叫ぶ。

「ノロティ、あいつは確かに、逃げるような奴じゃないかもしれん。だがの、あいつの中にいる奴も、そうだとは限らんのじゃ！」

第六章 終わりの過去――虐殺

『本』を読むのを中断し、ザトウは一度『本』の外に出た。少し疲れた。時間にすればわずかなものだが、『本』を読み続けるのは精神が疲れる。ザトウは首を回し、目頭《めがしら》を軽く押さえる。

「いかがですか？」

「面白《おもしろ》いね。怪物になろうとした少年か。うん、面白いよ」

隣に立つラスコールは、少しばかり不思議そうにザトウを見る。

「しかし、わざわざ読むよりも、食べればいいではないですか。それがあなたの能力でしょう？」

ザトウはもう一度指を伸ばしながら答える。

「読むってのも、また面白い。食べるばかりでは、正直飽きる」

その時、静かだった海が一つ大きな波を立てる。ザトウとラスコールの傍《かたわ》らに横たわる少年の死骸《しがい》を濡《ぬ》らし、戻っていく。

ザトウの指が再び、エンリケの『本』に触れた。

エンリケがクモラの笑顔を見た後も、日々はそれまでと変わることなく続く。毎日、砂浜に座って魔術審議を行い、雷撃の威力《いりょく》と精度を向上させるだけの毎日。しばらくの間、夜の実戦は行われていない。島には、いびつながらも平和と呼んでいい日が訪れていた。

「今日はここまで」

ボラモットが、そう告げる。エンリケたちは目を開け、立ち上がる。ボラモットが全員を前に、いつもの説教を行う。

「今日は誰一人審議に成功させたものはいない。貴様らの無様《ぶざま》な姿に、俺の我慢《がまん》も限界に近い。殺されたくなければ、強くなれ。強くなれないものは殺されろ。それだけは忘れるな。以上だ」

ボラモットの説教が終わり、解散となる。エンリケたちはいつもどおり洞窟《どうくつ》の住処《すみか》に戻る。

「おい、エンリケ」

ボラモットが戻ろうとするエンリケに声をかけてきた。

「最近、どうした？」

「なにが」

エンリケは何のことかわからず、問い返す。少しばかり成長の速度が落ちたとはいえ、エンリケが強くなり続けていることには変わりない。

「最近、ハミュッツの『本』を読みに来ないではないか」

「ああ」

そういえば、とエンリケは思う。最近読みに行っていなかった、というより存在を忘れていた。

「ハミュッツの戦闘能力は大体記憶したのか？　もう見に来る必要もないと？」

ボラモットは見当はずれのことを言った。そもそもエンリケがハミュッツ＝メセタの『本』を見に行っていたのは、戦闘能力が目的ではない。ハミュッツの笑顔を見るためなのだから。

わざわざ否定するのが面倒《めんどう》なので、そのままにしておくことにした。

「ああ。そうだ」

「ふむ……まあいい。これからも励《はげ》めよ。真の怪物になるためにな」

二人は別れ、それぞれの住処へと戻る。


エンリケが戻ると、焚《た》き火の横で、クモラがなぜか金槌《かなづち》を振るっていた。

「カヤスさんのコップが壊れてしまって、ごめんなさい。直らないみたいです」

「なんだよ、参ったな」

カヤスが頭を掻《か》く。

「どうするんだよ」

「代わりにこれ使ってください」

「薬の瓶《びん》かよ。うわ、なんか変な匂《にお》い」

「ごめんなさい」

「うう、まあいいよ」

クモラはカヤスと、和《なご》やかに話している。その様子をエンリケは、じっと見つめていた。クモラの笑顔を見たあの日から、変わったことは一つだけ。あの日からエンリケは、クモラの姿を目で追うようになっていた。クモラの顔、クモラの動作を、一緒にいる時間はいつも見続けていた。

ふと、クモラが、エンリケに見つめられていることに気がついた。クモラはエンリケと目を合わせると、びくっと体を震えさせる。クモラは、怯《おび》えながらカヤスの陰に隠れる。

「……………」

エンリケはクモラから目をそらす。

「とにかく飯《めし》だ。たらふく食ってくたばれこんちくしょう」

カヤスの挨拶《あいさつ》と同時に、いつもの食事が始まる。真ん中に置かれた布の上に、軍用食のかけらを置いていくのもいつものことだ。

その時、いつもと違うことが一つ起こった。

食い終える直前、エンリケは一口残した。それを、クモラのための布に置いた。その場にいた全員がエンリケの顔を見た。

「どうしたんだよ、エンリケ」

カヤスが思わず問いかけてくる。

「なんでもない」

エンリケがぶっきらぼうに答える。

「あの、エンリケさん。あたしに、気を使わなくてもいいです」

クモラが、小さな声でエンリケに言った。

「……………そうか」

少し、寂しい気持ちを抱えながら、布の中から自分の置いたかけらを拾い上げる。口の中に放り込む。いつも以上にまずかった。

エンリケはクモラに、話しかけたいと思っていた。エンリケはクモラについて何も知らない。知っているのは一度だけ見た笑顔と、普段のネズミのように臆病《おくびょう》な姿だけ。

クモラのことを、知りたかった。だがクモラはエンリケのことをひどく怖がっている。声をかけようとするたびに、クモラは足を震えさせる。その姿を見るたびに、エンリケは声をかけるのをためらってしまうのだ。

食事が終わり、談笑が始まる。カヤスを中心に、仲間たちが言葉を交わし合う。その傍らにはクモラがぽつねんと座っている。

「そういえばクモラ」

カヤスが口を開いた。

「お前の宝物、見てみたいな」

「え？」

「みんながお前にあげただろ。見せてくれよ」

クモラが小さく頷《うなず》き、自分の洞窟の中に駆けて行く。

「これです」

クモラは洞窟の中から、小さな袋を持ってきた。輪の中心にそれを置き、自分もその中に座る。離れたところに座るエンリケには、背中を向ける格好《かっこう》だ。

「けっこうあるな」

「あ、これ俺があげたやつだ」

「これ、出したの誰だよ」

仲間たちが、楽しそうに会話している。その座の中心にいるクモラも、楽しそうにしているのだろうか。だがエンリケは、会話に参加することができない。何も言わず、じっとクモラの小さな背中を眺《なが》めている。

寂しくなり、エンリケは席を立つ。会話に興《きょう》ずるクモラたちは、誰もエンリケには気がつかなかった。

「どうした、エンリケ」

丸太小屋の中から、ボラモットが顔を出す。エンリケは、ボラモットの小屋に来ていた。

「ハミュッツの『本』を読みに来たのか？」

エンリケは首を横に振る。

「ふうん、まあいい。入れ」

エンリケは、中に招き入れられる。ボラモットの小屋は暖かい。テーブルの上には、食い散らかされた肉の缶詰《かんづめ》とコーンのスープ、それに酒瓶《さかびん》が置かれていた。

「なんの用だ。誰か殺したいのか？」

エンリケは首を横に振る。

「どうしたんだ、エンリケ。お前最近、おかしいぞ」

「一つ、聞きたいことがある。クモラは、どうしてここにいるんだ？」

「なに？」

ボラモットが不機嫌そうに眉《まゆ》をひそめる。

「クモラがどうした。あんな者のことを聞いてどうする」

「どうもしない」

「………まあ、いい」

ボラモットは、酒を瓶から一口飲み、語りだした。

「あれはもともと、貴様らと同じ肉だ。だいぶ人間に近い精神を持ってたから、使えるかと思って連れてきた」

「それで」

「それだけだ。こんなことを聞いてどうする」

ボラモットがつまらなそうに言う。エンリケは、さらに考える。

「皆、クモラのことを大事にしているように見える。どうしてだ」

エンリケがそう言うと、ボラモットはさらにつまらなそうな表情になる。

「なんだ。お前も色気づいたか」

その言い方が、今までになく不愉快《ふゆかい》だった。

「そういうわけじゃない。どうして、皆はクモラを大事にするのか聞きたいだけだ」

ボラモットは酒を喉《のど》に流しながら、答える。

「島に閉じ込められて、他の世界を知らん連中だ。あんなネズミでも、構わんのだろうな」

ネズミ、と言われたことに腹が立つ。ネズミに似ているとは、エンリケも思っていたが、ボラモットに言われると嫌な気分だった。

「一度だけ、クモラが笑っているのを見た」

「それがどうかしたか?」

「どうして笑ったんだろう」

ボラモットはエンリケの疑問を鼻先で笑い飛ばす。

「あれはネズミだ。エサをもらえれば笑うに決まっている。それだけだ」

これで話は終わりだ、と言うようにボラモットが酒をあおる。用がないなら帰れとその目が言っていた。

だが、そんなことを聞きたかったのではない。ボラモットに、失望を覚えながら、エンリケは席を立った。

エンリケは、焚き火の前に戻る。すでに、火は消え、クモラたちの姿はない。焚き火の跡を眺めながら、クモラの小さな背中と、あの日見たかすかな笑顔を思い出した。

「……クモラ」

その名を、小さく呼んでみる。帰ってくる返事はない。

ふとエンリケは空を見上げた。一羽の鳥が、飛んでいるのが見えた。

エンリケは、雷撃を打つ。夜空に雷《いかずち》が一瞬輝き、鳥がきりもみになって落ちてきた。

足元に落ちてきた鳥の羽を、エンリケは見る。青みがかったその羽が、きれいなもののように見えた。エンリケは鳥の首を掴《つか》み、少し焦《こ》げたその羽を毟《むし》りとった。

変わることなく日々は続く。

エンリケの調子は、目に見えて落ちていた。魔法を強化する魔術審議は成功せず、挙句《あげく》の果てに今まで問題なく使えたはずの雷撃を失敗することすらあった。その日も、五メートルほど向こうに放たれるはずだった雷撃が、エンリケのすぐ近くに落ちてしまった。

エンリケの体が跳《は》ね上がり、砂の上に倒れる。ボラモットが慌《あわ》てて駆け寄って来る。

「どうしたんだ、エンリケ」

ボラモットの口調は厳《きび》しい。エンリケの調子が落ちてくるとともに、ボラモットは特別扱《あつか》いをやめるようになっていた。その口調は他の仲間に向けられるのと同じ、軽蔑《けいべつ》と苛立《いらだ》ちが入り混じった声だ。

幸いにも、直撃は避けられた。エンリケはよろけながら立ち上がる。

「お前はもういい。戻って、クモラに手当てを受けろ」

「……おい、エンリケ、しっかりしろ」

そう言いながらカヤスが、エンリケに手を貸そうとする。

「一人で行けるだろう。審議を続けろ！」

ボラモットの怒声《どせい》が響く。エンリケは立ち上がり、痛む体を引きずってクモラのいる洞窟のほうに戻っていった。

「エンリケさん……」

洞窟に戻ると、傷ついたエンリケに、クモラが歩み寄ってきた。エンリケは冷静に、クモラに指示を出す。

「まず水を。傷を冷やして、少しでいいから飲ませてくれ。薬はその後だ」

クモラはエンリケに言われたとおりに、傷を冷やし、薬を塗る。その手つきと、表情はぎこちない。おっかなびっくりエンリケに触れる姿に、少し悲しくなった。

周囲には誰もいない。エンリケは思った。今なら話しかけられるかもしれない。

おそるおそる、クモラを怖がらせないように、小さくエンリケは声を出した。

「……クモラ」

クモラは可哀相《かわいそう》なほど激しく動揺する。

「……なんでしょうか」

か細い声でクモラが聞き返す。

「俺が怖いか」

しばらく悩んだ後、クモラが答える。

「はい」

「どうして」

「……みんなあなたが怖いと言っています」

「なんて言っている？」

「殺すことが大好きで、いつもいつも、仲間の誰かを殺すことばかり考えていると」

そんなことは、ない。エンリケはそう言おうとしたが、やめた。言ってしまえば、自分が怪物ではないと自《みずか》ら宣言するようなものだからだ。

怪物になれば、笑える。エンリケは未《いま》だ、それに未練を残していた。

「……マーリンさんも、ベイザッハさんも、ロンケニーさんも、みんなあなたに殺された」

「それは、しょうがないことだ」

エンリケは言い返す。

「俺たちは、怪物になるためにいる。怪物になれないなら死ぬしかない」

「……」

クモラは何も答えなかった。エンリケはまた悲しくなった。肯定するか、そうでなければ否定して欲しかった。沈黙は、何よりも痛烈な拒絶だった。

エンリケも、また言葉を失う。クモラが、傷に綿で薬を塗りこんでくる。

「一つ聞きたい」

「なんでしょうか」

「少し前に、お前が笑っているのを見た。どうして笑っていたのか、知りたい」

クモラが手を止める。

「そんなこと、ありません。あたし、長い間笑ったことなんてないです」

「ロンケニーの貝殻《かいがら》を覚えているか」

「………はい」

「カヤスから、あれを受け取ったとき、笑っているのを見た」

「……そんなことがありましたか」

クモラが戸惑《とまど》いながら、そう答える。

「あたし、笑っていましたか」

「思い出したか。どうしてあの時、笑ったんだ」

「貝殻をもらったとき、もしかしたら、ロンケニーさんはまだ生きてるんじゃないかと、思ったんです」

「それだけか」

「……それだけです」

少しだけ、エンリケは落胆《らくたん》した。ただそれだけのことだったのか、と思った。

「お前は、どうすれば笑えるんだ」

「みんなが、生きていてくれたら、あたしは嬉《うれ》しいです」

「そうか」

すでに手当ては終わっていた。エンリケは立ち上がり、クモラに背を向ける。

なにか、わかったような気がした。

クモラが笑えるのは、クモラを大切にしてくれるみんながいるからだ。

エンリケは、違う。エンリケには誰もいない。だから笑えない。

誰もいないエンリケが笑うには、戦うことしかない。ガンバンゼルが言うように、ボラモットが言うように、戦って、殺して、笑うしかない。

しかし、何かが違うような気もする。そんなものを自分は追い求めてきたのだろうか。

頭の中からその疑問を振り払う。自分にはそれしかないのだから。


その日からクモラは、さらにエンリケのことを避けるようになった。エンリケは悲しかったが、もう話しかけようとは思わなかった。

さらに、時が過ぎる。

それからもエンリケの成長は、低調なままだった。そのエンリケをぐんぐんと追い上げてくる仲間がいた。

ササリという仲間だ。彼の能力は水。超高速で発射される水弾の威力は並みの拳銃を上回る。殺傷力ではエンリケに劣るが、射程距離と攻撃範囲の広さは、雷撃をはるかに上回る。

ある日そのササリが、エンリケに話しかけてきた。

「今夜。俺と、お前だ」

久しぶりの、実戦練習だった。もはやそれはエンリケのためのものではないだろう。怪物になるのはササリかエンリケか、生き残りをかけた闘いだった。

ササリの顔が、興奮《こうふん》を隠しきれていない。震えているのは武者震《むしゃぶる》いだろう。

「この日を楽しみにしていた」

と、ササリが言う。

「なぜだ」

「お前が死ねば、クモラが喜ぶ」

ササリがそう言って笑った。クモラの名前が出たことに、エンリケはひどく動揺する。

「なぜだ」

「知っているだろう。クモラは、お前を憎んでいる」

嘘《うそ》だ、と言いかけてやめた。クモラには、自分を憎む理由がある。エンリケは仲間たちを殺し続けたのだから。

月は昇り果て、二人の戦いは始まる。

「はじめ！」

ボラモットの叫びとともに、二人は同時に能力を発動させた。

どちらも、攻撃能力が防御《ぼうぎょ》能力を、大きく上回る能力者。勝負は一瞬でつくというエンリケの予想は、最初の一撃で裏切られた。

雷撃が届く間際、ササリが退《ひ》いた。雷撃が砂に空《むな》しく落ちた後、エンリケの全身に水弾が撃ち込まれた。エンリケの全身が吹き飛び、砂の上を転がる。

「……っあ」

思わずうめいた。さらにそこを、ササリの追撃が襲《おそ》う。

攻撃を一点に集中させ、エンリケの体を貫くこともササリはできる。だがそれは選択しない。一撃に賭《か》けて隙《すき》を生むよりも、連打で確実にしとめることを選んでいた。細かい水弾を広範囲に叩《たた》き込む。まるで、ばかげた威力の霧《きり》吹きだ。避けようがない。一つ一つが骨身にこたえる攻撃を、エンリケは地に伏せてこらえる。

立ち上がればたちまちに、全身の骨を砕《くだ》かれて終わりだ。被弾面積を最小に保ちながらエンリケは反撃の機会をうかがい続けていた。

弾がかすれば皮膚《ひふ》が裂け、食らえば衝撃が骨にひびを刻《きざ》む。エンリケは砂の上を這《は》って退く。

「おお！」

ボラモットが叫ぶのが、エンリケの耳に届いた。驚いているのか、それとも喜んでいるのか。

「どうした、そんなに、大人しかったかエンリケ！」

ササリが叫び、攻撃を続行する。冷静にエンリケとの距離を保ちながら、じわじわと追い詰めていく。決して雷撃の届く範囲には近寄らない。

エンリケは打開策を探り続ける。しかし今は打つ手がない。骨に亀裂《きれつ》が入る音が聞こえる。そう遠くないうちに骨が砕けるのがわかる。エンリケは歯を食いしばり、反撃の機会を待つ。

「ササリ！　もういい。決めてしまえ！」

ボラモットが、そう叫ぶのが聞こえた。エンリケはしめたと思った。ササリが決着をつけるために大技《わざ》を放ち、それを避ければ攻撃の機会が訪れる。

「うるせえ黙れ！」

しかし、ササリは怒号《どごう》でそれに答えた。

「………なに？」

「俺の戦いだ、口を出すな！」

エンリケは心の中で舌打《したう》ちする。ササリには油断がない。反撃の隙もない。

一方的な戦いが、一分ほど続いた。耐えることしかできないエンリケには、果てしなく長い一分だった。

やがてエンリケの戦闘能力が、失われかけたまさにその時。

転機は訪れた。

月が雲に隠れ、あたりが、闇《やみ》に包まれる。

それが転機だと気がついたのは、この場にいる中でエンリケただ一人。

エンリケが動く。

闇を切り裂いて、エンリケが雷撃を放った。遠く離れたところに立つ、ササリに向かってではない。何もない、自分の右に向かってだ。

エンリケの右五メートルのあたりに、光と砂埃《すなぼこり》が巻き起こった。

「！」

突然訪れた闇の中、ほんの一瞬ササリが、エンリケを見失った。

そして突然の雷光。反射的にササリの攻撃が、そちらへ向いた。水撃が砂埃を貫通し、空しく闇の中を飛んだ。

その隙が、勝敗を分けた。左へ、半円を描くように、エンリケが砂の上を走った。失策《しっさく》に気がついたササリが、攻撃の方向を修正する。しかし弧《こ》を描いて走るエンリケを捕らえるのに、ほんのわずか、時間を要する。

「しまっ……」

ササリが退く。しかし、一手遅い。エンリケは自らの間合いに、わずかに足を踏み入れていた。

渾身《こんしん》の力を込めて放つ雷撃が、水弾と交錯《こうさく》する。

砂浜に響く轟音《ごうおん》の中で、

「……クモラ」

そう呟《つぶや》く声が、聞こえたのは空耳《そらみみ》だろうか。

交錯した二つの攻撃は、両方ともが命中した。両者が同時に砂の上に倒れた。

水弾の一撃でエンリケは吹き飛び、雷撃の一発でササリは絶命していた。

「……勝ったか」

エンリケが呟いた。

実力は、互角《ごかく》だった。昼間であれば、あるいは雲のない月夜であれば、エンリケは敗《やぶ》れていただろう。

「……勝ち残ったか、エンリケ」

横で見ていたボラモットが、そう言いながらエンリケに近づいてくる。

「最近、たるんでいた貴様にはいい薬になっただろう。反省し、これからは前のようにガンバンゼル様のために全力を尽くせ」

エンリケが、傷ついた体を起こそうとする。足が言うことをきかなかった。ボラモットがなにか言っているが、よく聞こえない。

「だがこの程度の相手にてこずっているようでは……エンリケ？」

足が動かない。体が前に倒れていく。

「エンリケ！」

ボラモットの声を遠くに聞きながら、エンリケは意識を失った。

目を覚ますと、そこはボラモットの小屋だった。床に敷《し》いた毛布に寝かされている。体じゅう、包帯だらけだ。

そばにボラモットの姿はなく、その代わりにいたのはクモラだった。

「どうしてここに」

「ボラモットさんが、運んできました」

窓から外を見る。すでに夕方だった。半日以上も眠り続けていたことに、エンリケは驚く。

「ボラモットはどこへ」

「さっきまでいたのですが、みんなの魔術審議を監督するために出て行きました」

クモラは淡々《たんたん》と説明する。その口調に、エンリケは不自然なものを感じた。クモラは自分を憎んでいる。そう言っていたササリの言葉が思い起こされる。

「エンリケさん、薬を塗りますから、背中を見せてください」

クモラがそう言って、エンリケのそばに寄って来た。

「あまり、背中は怪我《けが》していない」

「気づいていないだけですよ。さあ、見せて」

エンリケは寝返りをうち、背中を見せる。クモラがエンリケの背中に手を当てる。

「クモラ」

そのとき、エンリケが、静かに言う。

「そのナイフ、何に使うんだ」

エンリケのそばに座るクモラの体が、びく、と止まるのがわかった。エンリケは再度寝返りをうち、クモラを見上げる。

小さなナイフを逆手《さかて》に持ち、エンリケを見下ろしていた。

「……………」

二人は、しばらくの間、凍《こお》りついたように止まっていた。エンリケが、かろうじて一言いう。

「ナイフを収めてくれ。殺してしまいそうだ」

クモラが、腹のポケットからシースを取り出し、ナイフをしまった。

「そこまで、俺を憎んでいるのか」

返事はなかった。

クモラは唇《くちびる》を固《かた》く引き結び、憎しみを込めた目でエンリケを睨《にら》みつけていた。その顔に、ふだんの臆病さはない。エンリケはクモラの行動が、一時の気の迷いでないことをその目から読み取った。

「エンリケさん。五人目ですね」

「ああ」

「あたしは、誰かが一人死ぬたびに、死にたいぐらい悲しくなるんです。死にたいのをこらえて生きながらえて、また誰かが死んで、悲しくて、それで生きながらえて、知ってますか、エンリケさん。

そうやっているうちに、だんだん自分が生きてるのかどうかわからなくなっていくんです。

死んだ人と一緒に、どんどん自分の心まで死んでいくんです。その気持ち、わかりますか？　エンリケさん」

「わからない」

「そうでしょう。殺すのが大好きなエンリケさんですから」

クモラが喋《しゃべ》り続ける。

「もう、五人も死んだ。あたしは、もう五回も死んでるんです。ねえ、不公平じゃありませんか。エンリケさんだって、一度ぐらい、死んだって、いいじゃないですか」

クモラが、今まで見せたことのない、激しい言葉をエンリケにぶつける。

すまないと、許してくれと、謝りたかった。だがそれはできない。エンリケは、こうあるしかなかったのだから。謝るとしたら生き残っていることそのものを、謝るしかないのだから。

「楽しかったですか？　殺すのは。みんな、死んでいい気分ですか？　エンリケさん」

「……………」

「そんなに、殺すのが楽しいんですか？　そんなに、楽しいんだったら、あたしだって、ボラモットだって、ガンバンゼルだって、みんなみんな、誰も彼も殺してしまえばいいのに！」

クモラが、泣きながら恨《うら》みの言葉を吐き続ける。

それが、どうしても、悲しくて、たまらなかった。

「………嫌だ」

エンリケが、言った。

「……え?」

「もう、殺すのは嫌だ」

エンリケは、呟くように言った。

「殺しても、殺しても、楽しくなんかなかった。一度だって、楽しいと思えなかった」

「……」

「殺すことが楽しいと、教わった。俺も、楽しいはずだと思っていた。でも、俺はもう」

エンリケが、そこで言葉を詰まらせた。続きが、出てこない。

「……あ、はは」

クモラが、笑った。顔を引きつらせ、壊れた声で笑った。

「そんな、ひどい、話。何をいまさら、そんなこと」

「……俺は、笑いたかったんだ。ただ、それだけだったんだ」

クモラが、笑うのをやめ、ゆっくりと泣き出す。

「何を、いまさら、そんなこと」

そう言いながら、泣き続ける。

クモラにかける言葉を、エンリケは持たなかった。エンリケは傷ついた体を起こし、壁伝いに歩きながら、外に歩いていった。

「どうした、エンリケ。お前、その体で」

這うように歩いているところを、ボラモットに見つかった。エンリケに駆け寄ってくる。エンリケを助け起こしたボラモットは、その表情に驚いた。

エンリケが、泣いていた。

「……エンリケ。何を泣いている」

「ボラモット。もうやめよう」

「なんだと？」

「ボラモット、もうやめさせてくれ、俺は無理なんだ」

ボラモットがエンリケの頬《ほお》を打った。

「貴様、何のつもりだ！」

エンリケは、力なく倒れ伏す。そこにボラモットが罵声《ばせい》を浴びせる。

「無理だと、ふざけるな！　それで許されると思っているのか！」

「俺は」

「黙れ！」

ボラモットがエンリケの体を蹴《け》りつける。

「……あのネズミに何か吹き込まれたな」

そう呟き、自分の小屋に向かって早足に歩き出す。

「エンリケ、見損《みそこ》なった」

倒れたエンリケに捨て台詞《ぜりふ》を叩きつけ、ボラモットが去っていく。

「……」

エンリケは体を起こし、ふらつきながら歩いていく。

「どこへ、行くかな」

エンリケは呟く。砂浜に来たところで、エンリケは力尽き、倒れた。

この先は、意識を失ったエンリケのあずかり知らぬことである。

ボラモットは小屋に戻り、扉を蹴りつける。もうクモラの姿はなかった。ボラモットは酒瓶を拾い上げ、一口飲んで床に叩きつける。

「ちくしょう!」

と、ボラモットは吐き捨てる。

ついに、エンリケまでが壊れた。ササリは、死なせてしまった。あとは望みのないくずばかり。

この島から怪物を産みだすことは、もうできないだろう。

だが、悪いのは自分ではない。くずばかりのあの肉たちだ。もう少しましな肉がそろっていたら、怪物を産み出すことだってできたのだ。

そもそも、ガンバンゼルの命令だってどうかしているのだ。肉にいくら魔法を教え込んだところで、ハミュッツ＝メセタに勝てるわけがない。

「ガンバンゼル様なんかに、ついていくんじゃなかったぜ。あの爺《じじい》についていったって、天国なんかに行けやしねえ。シガル様にしておけばよかったんだ」

ボラモットは、足元の酒瓶を蹴り飛ばす。

と、そのとき頭に声が響いた。ガンバンゼル子飼いの魔法使いによって、思考共有がなされている。

(久しいの、ボラモット)

響いてくるのはガンバンゼルの声。ボラモットは思わず直立不動の姿勢をとる。

(ご健勝のほど、何よりでございます)

(挨拶などいいわ馬鹿《ばか》者)

ガンバンゼルが苛立ちの思考を送ってくる。ボラモットは恐縮《きょうしゅく》する。

(で、どうだ、エンリケは。それとササリとかいうのも、なかなか伸びておるそうじゃないか)

(いえ、その、どちらもだめです)

(……ほう。だめとは?)

(ササリのほうはたいした素材ではありませんでした。エンリケは、小娘にほだされたのか、なんなのか)

(で、どうするつもりよ、ボラモット)

(どうしようもない肉どもです。失礼ながらこの者どもでは、私がいくらがんばろうと、到底《とうてい》おぼつきません)

(ふうむ……)

しばらくガンバンゼルが考える。

(……おぬし、無能じゃな)

ボラモットは背筋《せすじ》が凍りつくのを感じた。ガンバンゼルに見捨てられれば、何もかも終わりだ。ボラモットの立場は、何の価値もない肉と変わらないものに落ちる。変わらないどころか、本当に肉に落とされる可能性すらある。

(ガンバンゼル様、考え直してください。私は……)

(やれやれ、部下にはめぐまれない運命らしいの。よく働いてくれとるのは、エンリケ一人だけか)

(……ガンバンゼル様、ガンバンゼル様!)

思考共有が打ち切られる。青ざめた顔で、ボラモットは、酒をあおる。

なぜ、こんなことになったんだ。ボラモットは酒びたりの頭で考える。

そして、走りだす。肉たちのいる、崖《がけ》の洞窟に向かって。

「クモラを出せ!」

ボラモットは叫んだ。全《すべ》ての元凶は、クモラだ。あのネズミがエンリケをたぶらかし、壊した。クモラさえいなければ、何もかもうまくいったのだ。

「聞こえないか! クモラ、出てこい!」

クモラが、洞窟の中から姿を現す。ボラモットが魔法を発動させる。布がクモラをねじり殺そうと伸びる。

ひ、とクモラが小さく悲鳴を上げたその時、ぶつかってくる影があった。カヤスだ。カヤスは体当たりでボラモットを弾《はじ》き飛ばし、洞窟から出てきた仲間たちに叫ぶ。

「クモラは逃げろ。皆はボラモットを押さえるんだ！」

「き、さま」

布がカヤスの体を包み込み、ねじり上げる。絞《しぼ》りあげられた体が、どさりと地に落ちる。

「カヤスさん！」

クモラが叫ぶ。その声と同時に、洞窟から出てきた仲間たちが一斉《いっせい》にボラモットに襲いかかった。物理法則を無視して動くムチ、刃《やいば》よりも鋭い手刀《しゅとう》、砂を固めて産み出した剣。皆がそれぞれの能力を駆使《くし》し、ボラモットに襲いかかる。

「じゃまだ、貴様ら！」

ボラモットの布が最大まで広がり、彼らの攻撃をはじき、体を捕らえて締め上げる。

一本の帯が、クモラの足を摑んだ。骨ごと引き千切《ちぎ》ろうと力がこもるその時、

「クモラ！」

助けが入った。さっき絞《し》め殺されたはずのカヤスが、布を引きちぎってクモラを助けていた。

カヤスの能力は、超回復。命のある限り再生を続ける、不死身の力だ。

「クモラ、来い」

カヤスがクモラを抱え上げ、走り出す。

ボラモットが、追おうと走り出す。しかし仲間たちが、ボラモットの行く手をさえぎる。

「待て、カヤス」

遠くから、何かが聞こえてくる。砂の上に横たわっていたエンリケは、目を覚ました。

洞窟のほうで、何かが起こっている。エンリケは、体を起こそうとして激痛に顔をしかめる。

「……くそ」

とエンリケが呟いたその時、頭の中で声がした。忘れるはずもない。ガンバンゼルの声だ。

(久しいの、エンリケよ。これは思考共有という力だ。黙って聞いておれ)

「……」

(のう、エンリケ。聞くところによればおぬし、ボラモットから見捨てられたそうだの)

エンリケは、ボラモットの怒りの表情を思い出す。あれはもう、見捨てたのだろう。

(ボラモットは全く無能な男だ。おぬしの感情を否定し、心無い殺人機械に変えて、それで怪物ができたと喜んでおる。何一つわかっておらん。

わしはなんと言った？　殺すという、至上《しじょう》の快楽を享受《きょうじゅ》するものを求めておると言っただろう。ハミュッツ=メセタを思い返せ。感情の赴《おもむ》くがまま、戦い、殺してこそ怪物なのだ)

しかし、とエンリケは思う、自分は戦うことを楽しめない。

(のう、エンリケ。もう一度思い返してみよ。おぬしを苦しめているのは誰だ。おぬしを傷つ

けているのは誰だ。邪魔なもの、いらないもの、全て消し去ってみたいとは思わんか。きっと楽しいぞ）

（それにおぬしには、もうそれしかないのではないか？）

エンリケは、痛む体を引きずりながら、ゆっくりと立ち上がった。

ボラモットが、走る。体は傷つき、布はあちこちが引き千切れている。洞窟のある崖からさらに奥、森の中を逃げるクモラを追っていた。

その足が、止まる。カヤスがボラモットの行く手に、立ちふさがる。

「クモラは、どこに行った」

「教えるかよ、くそったれ」

「なら、貴様を殺した後、じっくり探すことにする」

千切れて少なくなった布が、広がってカヤスに迫る。カヤスが布を引き千切って応戦する。

「皆、死んだのか」

カヤスが問う。

「当然だ！」

ボラモットが答える。カヤスは無念に歯を食いしばりながら、ボラモットに立ち向かう。

エンリケが、傷ついた体でそこにたどり着いた頃、すでに戦いは終わっていた。

疲れ果ててへたり込むボラモットと、ばらばらに千切られたカヤスの体。

友人だと思ったことはないが、いなくなって見るとわずかに寂しさが胸を襲った。しかし、それも一時の感情。掌《てのひら》の雪のように消えて、すぐに忘れる。

「エンリケ、貴様に最後の機会をやる。どこかに隠れているクモラを、探し出して殺せ」

ボラモットが傲然《ごうぜん》と言う。その姿が、ひどく不愉快だった。

エンリケは、掌をボラモットに向けた。

「……………え？」

ボラモットは、何が起きているのかわからない顔で、エンリケの掌を見つめる。雷撃がボラモットの脳を焼き尽くすまで、彼はずっとその顔のままだった。

痛む体を懸命に引きずりながら、エンリケはクモラを探す。やがて朝日がうっすらと覗《のぞ》く。茂みの中に小さな体を押し込んで、泣いているクモラを見つけた。

「………クモラ、もう出て来ていい」

「エンリケさん？　どうして……」

「………もう、終わった」

「終わったって、何が」

クモラはおずおずと、茂みの外に出て、それからエンリケの横を駆け抜けた。

それからすぐに、クモラの悲鳴と、泣き声が、エンリケの耳に届いた。命を削《けず》って叫ぶような泣き声に、エンリケの心が痛んだ。

エンリケは思った。もう二度と、クモラは笑うことはないだろう。クモラには、もう誰もいないのだから。

「自分を苦しめるもの……なにもかも……」

エンリケが、一人そんなことを呟きながら歩き続ける。

「……殺してしまえば楽になる」

クモラが泣いていること。クモラの仲間を殺したこと。クモラを苦しめ、クモラが苦しんでいること。それらの全てが悲しく、辛《つら》かった。

だから、殺してしまおうと、エンリケは思った。何もかも、消えてしまえとエンリケは思った。

クモラの背中に、掌を向ける。

クモラを殺せば、自分は今度こそ、怪物になれるだろう。戦うことと、殺すこと、それ以外の何もかもを、忘れ果てた怪物に。

笑いたい。その願いをかなえるには、もうそれしかないのだ。

一条の雷撃が、小さな体に落ちる。クモラは人形のようにあっけなく、地に落ちた。

第七章 少女の愚行、死ねない怪物

ノロティとミンスは、さっきまでザトウがいた浜辺に来ていた。監視のために残してきた羽アリが、周囲を空《むな》しく飛んでいる。

「……まさか逃げるなんて」

周囲を見渡しながら、ノロティが呟《つぶや》く。その横でミンスが砂を見つめている。

「血が落ちとる。奴《やつ》の血だな」

立ち上がり、ノロティを促《うなが》す。

「街には行っておらん。追うぞ、ノロティ」

二人は砂を蹴《け》って走り出す。

そのころ、彼は街からかなり離れたところにたたずむ自分を発見した。待っていた場所からは遠く離れている。どうしてここにいるのかがわからない。記憶に混乱がある。精神の平衡《へいこう》を保てない。

そのとき、全身に震えが来た。

地に這《は》いつくばり、転げまわる。あたりに雷撃を撒《ま》き散らし、獣《けもの》のような悲鳴を上げる。頭が割れるように痛み、体がばらばらに千切《ちぎ》れそうな錯覚《さっかく》を覚える。

自分の中にいるあいつを、抑えられない。今までは痛みを与えれば、あいつは引っ込んだ。体の痛みに耐え切れず、痛みを外に押しつけて、あいつは中に引っ込んだ。

今は違う。いかなる苦痛もものともせず、体を乗っ取ろうとしている。体の中にいるあいつは、死にもの狂いになっている。

雷撃を自《みずか》らの体に放ち、体の中から出てくる敵を抑えようとする。

「出てくるな」

彼は叫び、のたうちまわる。

二人は走り続ける。ザトウのあとを追うことは、難しくはない。砂の上に点々と、血のあと、人が暴れまわった跡。自らを傷つけながら、周囲にあるものを手当たりしだいに壊した暴力の痕跡《こんせき》が、残っている。

「……こういうの、どこかで見た」

ノロティは思い出す。ルイモン＝マハトンの『本』が盗まれた汽車も、ちょうどこんな感じに壊されていたのだ。

「……いた」

ミンスが呟く。砂の上に倒れているザトウの姿を見つける。

駆け寄ろうとしたノロティを、ミンスが後ろから制する。

「……お前は、さがっとれ」

そう言って、ミンスが銃を抜き、六発撃った。一発ごとに、赤い花火のような鮮血が飛び散る。

「まさか、止めはしないな、ノロティ」

ミンスが言う。

「殺すつもりなんですか」

「一瞬、あいつの人格が別人に変化した。間違いなく奴が『怪物』だ」

ミンスが剣を抜き、走る。助走をつけ、体重を乗せて、ザトウの体を刺し貫く。ザトウの口から声にならない悲鳴が上がる。

「ザトウさん！」

思わずノロティは叫ぶ。ミンスが剣を引き抜くと、ザトウは反吐《へど》を撒き散らしながら立ち上がった。

「……ミンス、ノロティ。殺してくれ」

もはや声にならない口が、その形に動いた。ミンスが顔をしかめながら、ザトウに問いかける。

「なあ、お前、どうして『怪物』の『本』なんぞ食ったんじゃ」

「……殺して、くれ」

返って来た言葉は、答えになっていなかった。ミンスが攻撃を再開する。

それは、あまりに凄惨《せいさん》な光景だった。常人《じょうじん》ならば十回は死んでいる怪我《けが》の中で彼は生き続けている。致死量の十倍の血を流し、十倍の苦痛を受けながら、ザトウは立っていた。

ノロティは、それを直視できない。いや、剣を振るうミンスすら、同じ気持ちだろう。

ミンスが絶叫し、力任せに剣を叩《たた》きつける。せめて彼の苦痛を終わらせてやるために。

「……再生が弱まってきたな」

ミンスが呟く。一つ大きく後退し、剣を肩に担《かつ》ぐように構える。跳躍《ちょうやく》から、全体重を乗せた剣撃《けんげき》で、頭から背骨まで、真っ二つにする構えだ。それを見たとき、ノロティが動いた。

その時、ノロティを動かしたのは一体何か。

助けろと言った、ハミュッツの命令か。

もう誰も殺すまいと言ったザトウの言葉か。

殺さずに勝つと誓《ちか》って鍛《きた》え続けた鍛錬《たんれん》の日々か。

「ミンスさん、やめて！」

ノロティが、後ろからミンスを羽交《はが》い絞《じ》めに捕らえていた。

「馬鹿《ばか》！」

ミンスが叫ぶ。

「……………か」

ザトウが呟く。

　そして、時を同じくして、ハミュッツ＝メセタが呟いた。

「よくやったわねえ、ノロティ」

　ミンスが、ノロティを振りほどく。ノロティの体が投げ飛ばされ、砂の上に落ちる。

　もう一度剣を構え、切りかかろうとしたとき、異変が起きた。

　機関銃のように打ち込まれる、超高速の水弾。ノロティとミンスの体が、軽々と十メートル、まとめて吹き飛ばされた。

「な、」

　砂の上に倒れたノロティが、ザトウを見る。ザトウが、笑っていた。その血まみれの顔に、おぞましい笑顔が浮かんでいた。

「……ザトウ、さん」

　ノロティがそう呼びかける。呼びかけながら、違うとノロティは思った。ミンスの聖浄眼《せいじょうがん》で見るまでもなく、表情が違う。目が違う。纏《まと》う殺気が違う。

　その体についた傷口が、ぶくぶくと泡《あわ》立っていた。さっきまでよりも、遥《はる》かに速い再生速度。

「……いてえなあ、あの野郎。俺の体、好き勝手にしやがって」

　ザトウが笑いながら、呪詛《じゅそ》の言葉を吐く。ノロティの後ろでミンスが立ち上がり、ザトウに問いかける。

「……久しぃな。『怪物』くん」

右手に剣を、左手に銃を構えながら、ミンスがノロティを押しのけて前に出る。

「名前を、聞いておこうか。さっきまでの奴がザトウなら、お前は誰だ？」

「違う。そうじゃあないんだ」

『怪物』が、両手を広げて語り始める。

「俺が、ザトウだ。『本』食いの『怪物』、ザトウだ」

「……なに？」

「俺が、乗っ取られてたんだよ。今の今までな。エンリケ＝ビスハイルのくそったれにな」


ザトウ＝ロンドホーンは、自分の生まれを知らない。物心ついたときにはとある船の広い船室の中にいた。傍《かたわ》らには、一人の老人。

もしかしたら、どこかにロンドホーンという家があり、その家から透明の髪の赤ん坊が連れ去られていたのかもしれない。探せば見つかるのかもしれない。だが、ザトウはそんなことを考えたことはない。欲しいものは何でも手に入り、したいことは何でもできたからだ。

どんな悪いことをしても、叱《しか》られることは一度もなかった。どうしてと、傍らにいるガンバンゼルという老人に聞くと、こう答えられた。

「お前は特別な存在だからだよ」

何もかも許される環境、そしてこの透明な髪の毛。自分がほかの誰とも違う、特別な存在であることを疑うことはなかった。

「人を殺してみたい」

と、ガンバンゼルに言い出すのも、全く自然なことだったし、それを許されるのもまた自然なことだった。

成長したザトウは、ガンバンゼルに神溺《しんでき》教団の教義と、自分の存在理由を教えられる。ガンバンゼルのためにさまざまな能力者の『本』を食い、怪物になる。

「なるほど、それはいい」

その言葉にガンバンゼルは、満足そうに頷《うなず》いた。

彼は何一つ努力することもない。努力は、彼に食われる肉たちがすることで、ザトウがすることではない。運ばれてくる肉たちの『本』を、彼は腹に収め続ける。

「怪物にならせてやる、か。爺《じい》さんもひどいことを言うぜ」

「嘘《うそ》は言っておらん。正しくは、怪物の一部にならせてやる、だがな」

ある日、ガンバンゼルが言った。

「エンリケという小僧《こぞう》、壊れたそうじゃ。もうあの島も用済みか。人間爆弾を差し向けて、全滅させるとしよう」

ザトウは、こう言った。

「なあ、爺さん。エンリケに、そういってみたらどうだ」

ザトウのもくろみは、当たった。ガンバンゼルは楽しそうに、島の全滅を伝えてきた。

ガンバンゼルに紹介された謎の男、ラスコール＝オセロを伴《ともな》い、ザトウは島に向かう。

そこで見たのは、抜け殻《がら》のようになったエンリケだった。

砂浜に立たずむ彼の目は、何も映していなかった。その顔は、船にいたころと同じように、笑顔の形に歪んでいた。

「……じゃあな、エンリケくん」

エンリケは、顔を向けることもしなかった。ザトウの放った火球に焼かれ、エンリケは静かに絶命した。

終章 魂の沼、笑顔の記憶

ミンスが剣を構える。

「ザトウだろうと、エンリケだろうと俺にゃ関係ねえ。お前を殺せばそれで終わりじゃ」

「ほお、お前が俺を？　バントーラ図書館では歯が立たなかったじゃねえか」

「今のお前なら殺せるわ」

ミンスが砂の上をじりじりと、ザトウに向かって近づいていく。

ノロティは、呆然《ぼうぜん》と彼らの姿を見た。自分の行動が、『怪物』を復活させたことを理解するのに、時間はかからなかった。

「………ミンスさん、わたし」

「………ノロティ。お前はもうええ。どっかに消えてしまえ」

ミンスが冷たくノロティを拒絶する。

「おいおい、そんなこと言うなよ、なあ、ひどいじゃねえかノロティちゃん」

『怪物』、ザトウが血まみれの顔で、へらへらと笑う。

「なあ、ノロティちゃんよ」

ザトウの手が、振るわれる。ミンスとノロティは、同時に砂の上に伏せた。

「一緒に遊ぼうぜ」

水撃が彼らの頭の上を通過していく。

「くそったれが！」

ミンスが絶叫し、豹《ひょう》のように低い体勢で走る。突き出した剣が、十数メートルもの長さに伸びた服の袖《そで》に絡《から》め取られる。

「ミンスさん！」

ノロティも立ち上がり、走ろうとする。その直前に雷撃がノロティの足元に落ち、突進を止められる。

ミンスが剣を捨て、横に飛ぶ。だがその動きはザトウに読まれていた。布が剣から離れ、横にとんだミンスの両足を絡め取る。ごぎり、と嫌な音がした。ミンスの体が横倒しに倒れ、その衝撃で足がありえない角度に曲がった。

ノロティが、拳《こぶし》を握って走る。その拳が届く遙《はる》か前に、水撃がノロティを迎撃《げいげき》し、ノロティの体は吹き飛んで砂の上を転がる。

「これで終わりなんてないだろ？　もっと遊ぼうぜ、ノロティちゃんよ」

ザトウが袖の布を揺らし、体の周囲に火花を散らしながらノロティに微笑《ほほえ》みかける。

軋《きし》む骨の痛みに耐えながら、ノロティが立ち上がる。

「…………ザトウさん。いや、ザトウ」

ノロティが、口を開く。

「さっきの人は……エンリケさんは、どうした？」

ザトウがゆっくりとノロティに歩み寄りながら、答える。

「あの野郎は、もう終わった。もう永遠に表には出ない」

「……うそだ」

「なあ、ノロティちゃん。そんなに邪険にするなよ。

感謝してるんだぜ。まさにあんたは、俺の命の恩人だ」

ノロティが砂を蹴《け》り、走り出す。

「誰がっ」

水弾が放たれる。ノロティが拳の甲《こう》でそれを弾《はじ》きながら突撃する。

「誰がお前なんかを助けた！」

ザトウの右手が青く光り、雷撃が放たれる。ノロティの突撃が止まったところを、右手の布がムチのようにしなって横殴りに弾き飛ばした。

ノロティは、なおも立ち上がる。それを見ながら、ザトウが楽しそうに笑っていた。

エンリケ＝ビスハイルはザトウの中で、二人の戦いを見ていた。いや、それは戦いとはいえまい。ザトウがノロティをいたぶり、もてあそぶだけの遊戯《ゆうぎ》。

深い、泥《どろ》の中でエンリケはそれを見ていた。

ザトウの体内は、暗い洞穴《ほらあな》になっている。洞穴のなかには、黒くねっとりとした、無明《むみょう》の沼。その洞窟《どうくつ》の出口は硬《かた》く重い透明な壁に閉ざされている。

それはザトウの持つ、もう一つの胃だ。食物ではなく、人の魂《たましい》を収めて消化する、『本』食いの能力者だけが持つ魂の胃袋。見えるが、実在しない、仮想の臓腑《ぞうふ》。

沼の中にはエンリケとともに、たくさんの人が沈んでいる。ロンケニー、カヤス、ササリたち、島の仲間たちの姿が、シチューの具のように浮かんでは沈んでいる。

エンリケは、重い体とまとわりつく泥を引きずりながら、沼の外に這《は》いずり出る。そして、外界と体内を隔《へだ》てる壁に近づく。それに頭をぶつける。力の入らない拳を握り、壁を打つ。

壁はびくともしない。エンリケは何度か壁を打ち、あきらめる。

エンリケは、壁の向こうで戦い続けるノロティの姿を見る。

ノロティ、お前はほんとうに馬鹿《ばか》だよ。

俺なんかを助けようとしたから、こんなことになるんだ。

お前が、助けようとしたのはゴミだ。守る価値なんてないゴミだったんだ。

エンリケは思い返す。自分がザトウの体を乗っ取った日のことを。

怪物の完成を喜ぶ、ガンバンゼルの姿。バントーラ図書館での戦いと、撤退。

エンリケは沼の中でそれらを見ていた。もう、どうとも思わなかった。沼の中で彼の感情は死に絶えていた。

敗《やぶ》れたザトウが、ガンバンゼルの船に戻ってくる。敗れた怒りを、ザトウはガンバンゼルにぶつけた。責任をなすりつけるザトウを、ガンバンゼルは苦々しく見つめていた。

「安心せい、ザトウ。お前の力はまだまだこんなものではない。お前は食うほどに強くなるのだ」

「で、どうするんだよ爺《じじい》。他に、俺に食わせる『本』のあてはあるのか」

「……ルイモンという男がいる」

ザトウは、図書館の追っ手から逃《のが》れ、身を潜《ひそ》めながらトアット鉱山に向かった。そこでルイモンの『本』が発見されるのを待ち、それを運ぶ列車を襲撃《しゅうげき》する。ザトウが図書館を襲撃したせいで、武装司書は出払い、警備は薄かった。

ザトウは軽々と列車に忍び込み、金庫をこじ開けてルイモンの『本』を食った。ルイモンの巨大な体が、沼に落ちてきて、エンリケの横に沈み込んでいく。

『本』を食い終えたザトウは、失望と怒りに体を震わせる。

「くそったれ、この野郎、武器は腕力だけじゃねえか」

ルイモンの『本』は役に立たない。ザトウは飢《う》えた獣《けもの》のようにあたりを探す。何か使える力はないかと、手当たり次第《しだい》に『本』に触れていく。

その時、ザトウの手に一冊の『本』が触れた。

エンリケは流れ込んでくるその記憶に、驚愕《きょうがく》した。

なぜ、ここにあるのだろう。それは、クモラの『本』だった。彼女の記憶が、ザトウとエンリケたちの中に、流れ込んでくる。

クモラは、肉だった。エンリケと同じ船の中で、エンリケと同じように何の価値もない人生を過ごしていた。目に映るものは、いつも同じ床のパンくず。それを拾って食うだけの生活。

ある日、クモラは、自分の体の不調に気がついた。寒気と、吐き気。おそらくは外の世界だったら、何の問題もなく治る病気だろう。だが人としての生活を送れない肉たちにとっては致命的な病《やまい》。クモラは自分が死ぬことを理解していた。

悲しくも辛《つら》くもなかった。自分が死ぬ。それだけのこと。クモラは床に横たわり、大人しく死を待ち続けた。

しかし、彼女の体に、触れてくる手があった。一人の肉が、クモラに寄り添い、冷えていく体を温める。

「……気をしっかり持て。治らない病気じゃないんだ」

声をかけてくる少年にクモラは驚く。そんなことをする肉が、あるわけがないのに。

「……あなた、何」

クモラはたずねた。クモラに寄り添う少年は、答えた。

「俺は、レーリアというんだ」

少年は、入ってきた飼育係に話しかけた。

薬か、そうでなければ温かいものが欲しいと。飼育係はレーリアを殴りつける。それもだめなら、せめて毛布か布をくれ。

飼育係は少年を殴り続け、そして懲罰房《ちょうばつぼう》に連れて行った。クモラは床の上に横たわりながら、それをじっと見ていた。

クモラは、不思議に思う。なんで、あの人はあんなことを言ったんだろう。自分を助けたって、何にもならないのに。自分はただの肉で、何の価値もないものなのに。そんなものを助けてもしょうがないのに。

しかし、クモラは気づく。自分は少なくとも、あの人が助けようとした自分なんだと。

クモラは思った。少しだけ、生き延びてみよう。震える体を抱え、床に落ちた水をすすった。周囲に寝ていた肉からぼろを剝《は》ぎ取り、自分の体に巻きつけた。

懸命に寒さをこらえ、迫り来る死を拒《こば》み続ける。そのうちに、自分でも拍子抜《ひょうしぬ》けするほどあっさりと、体が楽になっていった。

その人が帰ってきたのは、三日後だった。傷ついてぼろぼろのその人は、かなり病状が回復していたクモラよりもよっぽど薬が必要に見えた。

「…………なんだ。元気になったのか」

レーリアはクモラを見つけると、腫《は》れた顔で笑った。

懐《なつ》かしいと、エンリケは思った。それは、あの日見た、エンリケの始まりの笑顔。

「どうして、笑うの？」

クモラがたずねた。

「……人助けができれば、嬉《うれ》しいもんだろ」

「嬉しいの？」

そう言うとレーリアは、急に黙りこんだ。

「……無価値と、言われたよ」

レーリアはふいに呟《つぶや》いた。

「俺たちは、これから誰に顧《かえり》みられることもなく死んでいく。たしかに、俺たちは無価値だと思う。

でもさ。大事なものがあって、それを守れれば、それも人の価値だと思うんだ。俺は嬉しい。少なくともお前を助けたぶんだけは、俺は無価値じゃない」

エンリケは、思う。そうか、そういうことだったのか。

それから程なくして、飼育係が何人かの肉を、船の中から連れ出した。肉が増えたので、新しい飼育場を作ったと、飼育係は言った。クモラはまた、一人になった。

レーリアのことを思い返しながら、クモラは無為《むい》な日々を過ごす。レーリアの言葉と、レーリアの笑顔を思い返す。

クモラは、一つの望みを持つようになった。自分も、レーリアのように笑えるようになりたいと。この船から出て、何でもいいから何か、価値のある何かになりたいと。

しばらくして、一人の男が飼育係を伴《ともな》って、部屋にやってきた。

「必要なのは、女で、健康で、よく働く肉ですな」

飼育係は言う。もう一人の男、ボラモットは周囲をざっと見渡し、つまらなそうに言う。

「使えそうなのはいないな」

ボラモットが、出て行こうとする間際、クモラがボラモットの足にすがりついていた。

「何をする！」

飼育係がクモラを蹴《け》って引き剝がそうとする。ボラモットはそれを押しとどめ、問いかける。

「肉。なんの用だ」

「あたしを、使ってくれませんか」

それは、一縷《いちる》の望みだった。このまま、肉のまま死にたくない。そう願ったクモラの、ただ一度の機会。その後なにをさせられるのかはわからない。だが、この船から出る機会は、もうこれ以外にないと思われた。

「まあ、こいつでいいか」

望みはかなえられた。ボラモットがクモラをつまみ上げ、ついて来いと促《うなが》した。

連れてこられた小島でボラモットはクモラに、自分の目的を説明する。怪物を目指す者たちの世話をする。クモラに与えられたのは、それだけの仕事だった。

最初は、怖かった。

一日中戦うことを考え、殺し合いの技術を磨《みが》き続ける少年たち。優しかったレーリアの姿とはかけ離れた彼らに、ひたすら怯《おび》えながら過ごした。

『誰かを助けられれば嬉しいだろ』

時折、レーリアの言葉を思い出す。しかしクモラには、どう助けていいのか見当もつかなかった。島の中で一人、ひたすら無力だった。

そんなある日、洞窟のハンモックで眠っていた彼女は、突然顔を摑《つか》まれた。

「声を出すな………ついて来い」

仲間の一人が、クモラを抱きかかえて連れ出した。どうする気かと、クモラが聞いた。

「………逃げるんだ。こんなところ、もう一秒だっていられない。お前を人質にして、船を奪って」

「………そんなこと、できるわけない」

クモラは震える声で言った。彼は、泣き出した。

暗い砂浜で、彼はクモラに語った。これから、殺し合いが始まること。戦いたくないということ。死にたくないということ。

クモラは、気がついた。今まで怖いと思っていた彼らが、本当はとても悲しい人たちだったことを。助けたいと思った。自分を助けてくれたレーリアのように。しかし、小間使《こまづか》い以外に何もできないクモラには、助ける方法なんか思いつかなかった。

「……なんでお前が泣くんだよ」

と、彼は言った。クモラの小さな頭を撫《な》でながら慰《なぐさ》めた。

その少年の名前は、カヤスといった。それから二人は、友達になった。


「はいよ」

カヤスが、軍用食を、少し千切《ちぎ》ってクモラにあげる。友達になってからの、二人の日課だった。

クモラが、もらった軍用食を食べながら、カヤスにたずねる。

「どうして、毎日くれるんですか？　カヤスさんは食べなくていいのですか？」

「俺はいいよ。その、お前、あんまり食べてねえだろ」

食事を取っていないというのは、カヤスの勘違《かんちが》いだ。一日に一度、カヤスたちとおなじ軍用食を食べている。体が小さくほとんど食べないクモラには、それで十分なだけだ。

別に、必要なわけではない。ただ断ると、カヤスがとても悲しそうな顔をするのだ。

それから、不思議なことにカヤス以外のみんなも、クモラに食べ物を分けてあげるようになった。

さらに小さな貝殻《かいがら》や、きれいな石。島で見つけた珍《めずら》しいものを、クモラのところに持ってくるようになっていた。少しずつ、しかし確かに、ばらばらだった彼らが、仲間になっていった。

　ある日、クモラはカヤスに語りかけた。

「カヤスさん、みんな、どうしてあたしに良くしてくれるのですか」

　カヤスは少しばかり恥《は》ずかしそうに顔をそむける。

「そりゃ、お前……馬鹿、そんなこと聞くな」

　クモラがこつ、と頭を小突《こづ》かれる。

「でも、これは不公平だと思うのです。みんなはあたしに良くしてくれるけど、あたしは何もしていない」

「馬鹿、だからそういうことじゃないんだよ」

　カヤスは笑うが、クモラの表情は浮かない。

「あたしは、ずっとみんなを助けたいと思っています。あたしは、何もしていない。それがすごく、辛いのです」

「……なあ、クモラ。ここに来た時のことを覚えてるか？　最初、誰も誰とも口をきかなくてさ、みんなばらばらだったじゃないか。しょうがないだろ？　いつ殺し合いになるかわからない生活なんだ。周りにいる奴《やつ》を仲間だと思ってる奴なんか誰もいなかった」

「……」

「ここにいるみんなのことが好きだと、お前が言ったとき、初めて俺たちは仲間になったんだ」

「そうなのですか」

「今はみんな、大事な仲間だ。お前は、胸を張っていい。お前は十分に、俺たちを助けてるんだよ」

レーリアのように笑いたいという願いが、このとき果たされる。

自分の命は、みんなを愛するためにある。クモラは、みんなを守ろうと誓《ちか》った。


だが、彼らの幸せな時間は、あまりにも早く消え去っていく。

ある日、クモラが起きると、仲間の一人が、いなくなっていた。誰もがうつむき、誰もがいなくなった仲間のことに口をつぐんでいた。

「どうして、なんですか」

クモラはカヤスに聞く。

「あいつのことは忘れるんだ」

殺し合いが、始まったことを、クモラは理解した。

輪の端に座る、仲間の一人を、クモラは見た。一度もクモラに話しかけてこない、暗い目の少年。エンリケ＝ビスハイル。クモラは直感した。この人が、殺したのだと。

その暗い目に、背筋《せすじ》が凍《こお》るような恐怖を感じた。

クモラは懸命に、死んだ仲間のことを忘れようと努力して、日々を過ごした。今生きている仲間と、精一杯楽しい日を過ごすために。

しかし、一人、また一人と仲間たちが欠けていく。次第に、クモラは笑うことが少なくなり、やがて全く、笑わなくなった。

クモラは憎んだ。優しくて悲しいみんなを、殺そうとするエンリケを。

自分が、命を賭《か》けて守ろうとしたものを、奪おうとするエンリケを。


そして、その日が来た。ササリが命と引き換えにエンリケに傷を負わせた。クモラの前に、無力に横たわっていた。

クモラはボラモットがいなくなった機会を狙《ねら》い、ナイフを握り締める。

だが、クモラの企《たくら》みは、あっけなく看破《かんぱ》された。

どうせ殺すつもりだろう。だから最後に、言いたいだけ言ってやるつもりだった。

クモラは振り絞《しぼ》るようにエンリケに、怒りの言葉をたたきつけた。

しかし、かえって来たのは雷撃ではなく、クモラの予想もしていない言葉だった。

「………嫌だ」

エンリケが、告白する。楽しかったわけではなく、ただ悲しかっただけだということを。

ひどいと、クモラは思った。

化け物のような人だと思って、憎み続けてきたのに、今さらそんなことを言うなんて。

殺そうと思った敵は、ただの悲しい人だった。守ろうと誓った人たちと同じ、悲しい人だった。

エンリケを、憎んではいけなかった。

守るべき人を、殺そうとした。クモラはその後悔に涙した。エンリケと話すべきだった。エンリケの苦しさを、わかってあげるべきだった。どうして今まで、そうしなかったのだろう。

「カヤスさん」

クモラが話しかける。

「……………エンリケさんはあたしたちの仲間だと思いますか」

「お前が、仲間だと思うなら、仲間だよ。どう思う？　クモラ」

クモラは、答える。

「あの人は、たくさん人を殺して、たくさん傷つけた。でも、それでも仲間なんだと思います」

しかし、エンリケとクモラが、わかり合える日は来ない。その時すでに、ボラモットは、クモラを殺しに駆けてきていた。

クモラとエンリケは、わかり合えないまま別れを迎えた。エンリケの、雷撃がクモラを撃ち殺し、全《すべ》ての思いは、空《むな》しく消えていった。

沼の中でエンリケは思う。クモラは、俺を、憎んではいなかった。一度は憎んだが、最後まで憎んではいなかった。自分は一人じゃなかった。自分は、クモラの言うみんなの一人だったのだ。

どうしてそれに、気がつかなかったんだろう。気がついていれば、共に生きられたかもしれないのに。

どうすればいい。

一番、大切なものを、自分の手で壊した者は。

わかりあえるはずだった人、共に生きれるはずだった人を、殺した者は。

どうすればいい。わかりきっている。死ぬしか、ないよな。

エンリケが自《みずか》らの頭を、壁に打ちつける。仮想臓腑を揺るがすほどの音がした。エンリケの空《うつ》ろな心が、力の入らない体が、怒りによって衝《つ》き動かされる。それはこの世でもっとも激しい怒り。自らへの怒りだった。

ザトウが、異変を感じる。頭が痛み、体が魂から引きはがされるような錯覚《さっかく》に襲《おそ》われる。

「なんだ！」

ザトウが叫ぶ。頭が、手が、体全体が震え始める。

「……………こんなこと、こんなことが！」

ザトウが身をよじる。

実在しないエンリケの額《ひたい》が、拳が、壁に打ちつけられる。壁ごと自分の体を破壊するような打撃。分厚い壁に、ひびが入る。

壁に全身を叩《たた》きつける。その瞬間、壁が砕《くだ》ける。エンリケが駆け上がり、ザトウが落ちる。

次の瞬間エンリケは、ザトウの仮想臓腑の中ではなく、走る汽車の中にいる自分を発見した。

しばし、戸惑《とまど》う。自分のものではない手。自分のものではない髪の毛。それらに少し戸惑う。

「………」

右手が震えだした。エンリケは、主《あるじ》の座を追い落とされたザトウが、体内で暴れているのを感じた。右手から全身へと、支配権を奪い返そうとする。

その手の指先を、エンリケはへし折る。体内でザトウがひるむのを感じる。

「怪物が、この程度でひるむか」

エンリケは体内のザトウに向けて言う。

「この程度で、この程度でひるむか。ばかばかしい」

エンリケが、今度は汽車の壁に体を叩きつける。床を拳で打ち、顔面を扉に叩きつける。骨が割れ、血が噴《ふ》き出るほどの衝撃が、体内のザトウをひるませる。

エンリケは、雷撃を自らの体に放つ。

汽車が壊れ、急停止するころ、ザトウの反撃はなくなっていた。

エンリケは、よろよろと歩き始める。

死のう。そう思いながら、歩き始める。

それが、顛末《てんまつ》。笑いたいと思った一人の男の、愚《おろ》かな軌跡《きせき》。

笑おうとして果たせず、怪物になろうとして果たせず、死のうとして、それすら果たせなかった、愚か者の物語。

エンリケは拳で壁を打つ。壁はゆらぐことすらしない。エンリケの魂《たましい》の力は衰《おとろ》え、ザトウは仮想臓腑を強化させていた。もう一度壁を打ち破り、外に出るのは、今のエンリケには不可能だった。

やがて、壁を打つエンリケの拳が止まった。

もういい。これで、終わりにしよう。何も考えず、何も見ず、楽になろう。そう思ったとき、沼の外に出ていたエンリケの体が、ずぶずぶと沈みはじめる。このまま沼の中に引き戻されれば、エンリケの意識はこの世から消え去る。

そう思ったその時、エンリケは背中を、誰かに押された。

(何をしている。エンリケ)

沼の中から誰かがそう言っているのが聞こえた。

ザトウが眺《なが》め下ろしている。それを睨《にら》みかえしながら、ノロティが立ち上がる。遊ばれていることはわかっている。それでも、立ち向かうほかにない。

「あのさあ、ノロティちゃん、そろそろ飽きてきたぜ。黙って立ってたら、楽に死なせてやるけど、どうする?」

ノロティは何も言い返さない。ただ愚直《ぐちょく》に、突撃する。水弾と、布に阻《はば》まれながら、ひたすらに向かっていく。

突進はまたも迎撃される。倒れたノロティが、立ち上がるのをザトウが退屈そうに眺める。

「もういいや、そろそろ、死ね」

「……うるさい」

ザトウの手に、必殺の雷撃が輝く。ゆっくりと、その手がノロティに向けられる。


（何をしているんだ。エンリケ）

沼の中から、誰かが問いかけてくる。

（何もしていない。もう、何もできない）

エンリケが答える。

（もういいだろう。終わらせてくれ）

（だめだね。許さない）

声が、語りかけてくる。

（クモラは、俺たちとお前を、助けようとした。レーリアってやつは、クモラを助けようとした。今戦っているあの子は、お前を助けようとした。

考えてみろ。クモラが、あの子が、一度だってあきらめたか）

（……）

（俺たちは許さない。お前一人あきらめようなんて、そんな虫のいい話があってたまるか！）

（俺は、どうすればいい）

（考えろ。馬鹿野郎。てめえの手持ちをひっくり返して、血眼《ちまなこ》になって探し出せ）

エンリケは、握り締めた拳を壁に叩きつける。

俺には、何ができる。俺にできること。

ああ、そうだ。そんなものは、唯《ただ》一つ。

エンリケは、目を閉じる。心の中で、一つの言葉を唱《とな》える。クモラと、仲間たちと過ごした島で、飽きることなく繰り返した、あの言葉。

行くものは行かず、来るものは来ない。月は太陽。小鳥は魚。

魔術審議、開始。世界の公理にエンリケは侵食を開始する。

ノロティが走る。その体に向けて、雷撃が放たれようとする。今までのような、足止めではない。ノロティの心臓を標的に雷撃が放たれようとする。

その刹那《せつな》、青い光がはじけた。放たれるはずだった雷撃が、霧《きり》のように散って消えた。

ザトウが、自らの手を見つめる。戦いのさなかに、ありえないほどの大きな隙《すき》。ノロティの拳が、初めてザトウに当たった。

拳が頬骨《ほおぼね》を砕く音とともに、ザトウの首が真横にへし曲がる。

なぜ、とザトウの口が動く。その顔面を弧《こ》を描くノロティの拳が捕《と》らえる。

エンリケは、歯を食いしばって世界の公理に挑《いど》む。すでに死んだ者からの魔術審議。そのありえない行為を、世界公理は強く拒絶する。それを意志の力だけでねじ伏せて、エンリケはたどり着く。

『エンリケ＝ビスハイルは雷《いかずち》を操《あやつ》る』

そう書き換えられた世界公理に、エンリケは次の公理を付け加える。

『雷を操るのはザトウ＝ロンドホーンではない』


二発の拳を打ち込んだノロティが、さらに追撃を加える。しかし、三発目の拳は、ザトウの布に阻まれた。布はノロティの腕を捕らえようと走る。ノロティは、ようやく得た接近戦の機会を、放棄《ほうき》しなくてはならなかった。

ザトウは、戦っているノロティよりも、自らの右手に怯えていた。

「なぜ、なぜだ」

ザトウは手を伸ばす。雷撃を放とうとしているのだろう。ノロティに向けられた右手は、空しく宙をさまよっている。

ノロティが笑う。何が起きているのか、どうして雷撃が出ないのかは知らないが、一つだけはっきりしている。ザトウの中でエンリケさんが、戦っている。

「エンリケさん………行きます！」

ノロティが叫び、突撃する。

ザトウが水弾で応戦する。広範囲、無差別放射。なりふり構わず、ノロティの突進を止めにくる。

（やれば、できるじゃねえかよ、くそったれ。もたつくんじゃねえ）

後ろの声が続ける。エンリケは振り向き、その声の主を見る。沼の中から、仲間たちが顔を出していた。ササリが、生きていたときと同じ、憎しみのこもった笑顔をエンリケに向けている。

（なにが、もたつくな、だ）

エンリケが、ササリに言い放つ。

（お前らのほうこそ、もたつくな）

（当たり前だ、くそったれ）

沼のふちに、ササリが手をかける。すでに沼の中で消化された体は、腐乱《ふらん》死体のように骨が露出している。

エンリケは、その体に向けて、手をかざす。

エンリケは念じる。そして、エンリケは信じる。自分は雷を操る。その身が滅ぼうと、その魂が食われようと、エンリケは雷を操れるのだと。

（やれ、エンリケ！）

ササリが叫ぶ。エンリケの手から、雷撃が放たれる。

(そうだ、エンリケ。それで、いいんだよ)

最後の言葉とともに、ササリの魂が粉々に散って消える。

水弾が、止まった。ザトウの顔が、恐怖に歪《ゆが》む。

「うそだ」

ザトウが叫ぶ。ノロティが肉薄する。

「どうしてこんなことが」

ノロティが、山猫のようにザトウに組みつき、その体を持ち上げて砂の上に押し倒す。馬乗りになったノロティは、両足でザトウの体を押さえ込み、両の拳をザトウの顔に叩き込む。

ザトウの着ている服が、ノロティを跳《は》ね除《の》けようと暴れまわる。だが恐怖と迷いに駆《か》られたザトウの力は、拳一つに全てを賭けるノロティに及ばない。

「うそだ!」

ザトウの叫びが、唇《くちびる》に叩きつけられたノロティの拳にかき消される。

(次だ、早くしろ)

エンリケが叫ぶ。沼の中から、死力を尽くして這い上がってくる仲間たち。エンリケが雷撃で、彼らに引導《いんどう》を渡し続ける。もう、ザトウが使える力はいくつもないだろう。

(………エン、リケ)

沼の中から、ほとんど骨だけになったロンケニーが、仲間たちに助けられながら上がってくる。

(やってくれ、エンリケ)

エンリケの雷撃が、ロンケニーを助ける仲間ごと、ロンケニーの体を打ち砕く。

外から、ザトウの悲鳴が聞こえる。なぜだ、どうして、こんなことが。

逃げようとするザトウが、ノロティの両足に押さえつけられる。操れるはずの布は引き千切《ちぎ》られ、すでにザトウを守るものはその両腕だけだ。

こんなのは、おかしい。話が違う。

こんなことになるなら、俺は『怪物』になんかならなかったのに。

その時、ザトウが封じていた壁が、ひび割れて砕け散る。最後の逃げ場、自らの体内に、ザトウが逃げ込んでくる。

なんと馬鹿な奴だと、エンリケは嘆息《たんそく》する。ここは逃げ場なんかではないのに。

(………ああ)

ザトウが、雷撃の火花をまとうエンリケを見て、絶望の表情を見せる。

エンリケが、ゆっくりと手を上げる。ザトウの魂をこの世から消し去り、全てを終わらせるために。

『本』食いの能力者であるザトウの魂が消え去れば、この仮想臓腑も消え去るだろう。エンリケも、まだ残っている魂も、みな一緒に消え去る。

それでいい。その結末こそ、エンリケの本望《ほんもう》。

エンリケが雷撃を放とうとしたそのとき、声がかかった。

(待てよ、エンリケ)

エンリケは、後ろを振り向く。沼の中から、カヤスが顔を出していた。

(そいつを殺せば、お前は死ぬぜ)

(………それでいいんだ)

エンリケは腰を抜かすザトウに、雷撃を放とうとする。だが、その前に沼の中から出てきた一人の男が、ザトウの体を掴む。ザトウが恐怖の悲鳴を上げる。

(あんたは………)

ザトウを掴む男を、エンリケは知っている。

(こんにちは、エンリケくん。僕はルイモンというのだが、ゆっくりしている時間はなさそうだね)

そう言いながら、ルイモンがザトウの体を沼の中に引きずり込んでいく。ザトウの抵抗は、ルイモンの力の前に、何の意味も成《な》していない。

(こいつは、俺たちが抑える。お前は、行け)

カヤスがザトウを沼に沈めながら、エンリケに語りかける。

（どうして、俺を生かす？）

エンリケがカヤスに問いかける。

（憂《う》さ晴らしだよ）

カヤスが、沼の中に沈みながら笑う。

（お前みたいな馬鹿野郎はな、生き延びちまえばいいんだ）

ノロティは、拳を止める。すでにザトウの抵抗は止まっていた。ザトウの頭部は、巨岩に押しつぶされたように砕け散り、原型などどこを探しても見つからない。

ノロティは、馬乗りになったまま、涙を流した。

その時、ザトウの体が、回復を始める。砕け散ったその頭が、形を取り戻していく。

ノロティが、涙をぬぐい、拳を握る。

「……ノロティ」

再生した口が、かすかに言葉をつむぐ。

「……どっち？」

ノロティが問う。

「人の上で泣くな。涙はともかく、鼻水まで落ちてくる」

このぶっきらぼうな喋《しゃべ》り方を、ノロティは知っている。

「……エンリケさん」

「邪魔だ。重い。どけ」

ザトウ……いや、エンリケは、大の字になったまま、ぼそりと文句を言う。

「生き延びてしまいましたね」

ノロティが笑いかける。

「笑ってる場合ではない。笑うな」

ノロティがエンリケの顔を見つめ、言い返す。

「エンリケさんこそ」

かくして、物語は終結する。一人の少年が、笑いたいと願った、ただそれだけの物語。

波音静かな砂浜で、エンリケとノロティは顔を見合わせ、いつまでも笑い合っていた。

断章

本当の怪物

事件の終結から、十日。

すでに、ミンスの傷は癒《い》えかけている。まだ両足に違和感があるが、常人《じょうじん》の体とはわけが違う。

ミンスは病院を抜け出し、バントーラ図書館の館下街にある酒場で一人飲んでいた。

飲んでいるのは、ストレートのジン。舌《した》に染《し》みるだけの、四十プルーフの液体を喉《のど》の奥に流し込んでいく。

酔えなかった。

「よう、お手柄《てがら》男」

その時、一人の男がカウンターの横に座り、声をかけてきた。

マットアラストだ。

「たいしたことはしとらんぜ」

「そんなことはない。いろいろあったけど、結果的には最善じゃないか」

いつものやつ、と注文すると、細かく砕《くだ》かれた氷に高級なウィスキーが注がれて出てきた。

霧《きり》のような氷を、舌で溶かしながら、ゆっくりと飲み始める。

「まあ、そうかもしれんがの」

ミンスは答え、グラスの酒を一息に喉に流し込んだ。

表向きはこうなっている。ハミュッツ＝メセタは『怪物』を発見したが、その正体が別人であることをすぐに見抜いた。そして殺すことよりも捕らえ、協力者として情報を引き出すことを算段した。彼の説得はノロティに任せ、ハミュッツは彼を狙《ねら》って『怪物』を復活させようとしている、神溺《しんでき》教団の信徒たちを壊滅させる。

一度は『怪物』は復活しかけたが、ミンスとノロティの働きによって無事封印《ふういん》された。エンリケはノロティの献身《けんしん》的な説得に応じ、今後はバントーラ図書館の庇護《ひご》下で教団との戦いに協力することを約束した。

それがミンスが発表した今回の事件の全容である。エンリケとノロティにも、そういうことにしておくと、言い含めてある
神溺教団の一員を、協力者として味方にできた功績は、限りなく大きい。ハミュッツの単独行動に関する問題も、その成果に押されて結局のところうやむやになっている。ノロティも過程には問題があったが、それでも結果を残したということで、進退は保留ということになるようだ。

表向きは大団円《だいだんえん》といっていい結末だろう。だが本当にそうならば、ミンスもこうやって無理に酔おうとはしない。

「……ハミが、また何かやったのか？」

マットアラストが、静かな声で問いかける。

「よくわかるの」

「あいつとは付き合い長いからな」

マットアラストは、ハミュッツが武装司書になる前から、ハミュッツのことを知っている。そのことをミンスは思い出す。

「話してくれないか、ミンス。なに、あいつのことはわかってる。いまさら何が起きたって、驚きゃしないさ」

ミンスは、七杯目の酒を注文し、それからゆっくりと語り始めた。


戦いが終わり、三人は傷つき果てていた。ミンスは両足が動かず、ノロティは全身に打撲《だぼく》と不完全骨折。超回復能力を持つエンリケすら、容易には立てない怪我《けが》だった。

「生きているか、ミンス」

エンリケが体を起こしながら話しかけてくる。ミンスの両足はねじ曲がったまま、動かない。

「死ぬ怪我じゃないわ。安心せえ」

ミンスは痛みをこらえながら、そう虚勢《きょせい》を張る。

「ミレポックから、連絡が入ったわ。人をよこすように言うておいた。しばらくたったら、街から人が来る。それまで、大人しくしとるしかないな」

そんなことを話しているさなか。

ハミュッツ＝メセタは、平然とした顔で現れた。

「おつかれー」

そう言って、いつもの笑顔で語りかけてくる。その手には、老人の生首《なまくび》がぶら下がってい
た。

「……ガンバンゼル」

その生首を見て、エンリケが呟《つぶや》く。

「そうねえ、殺したわ。しかしこれ、なんとなく持ってきたけど、考えてみたら別にいらない
わよねえ」

そう言って、ハミュッツはガンバンゼルの生首を、海に放り投げた。

「みんな、やばいことになってるわねえ。ちょっと待ってて。手当てするからさ」

そう言ってハミュッツは、ミンスの足を掴《つか》み、骨の位置を矯正《きようせい》する。そして副木《そえぎ》と包帯で固
定し、濡《ぬ》らした布で冷やしていく。その姿は、とても今回の事件の、黒幕とは思えない。

「のう、代行よ」

「なあに、ミンス」

「残念だったの。怪物と戦えなくてよ」

ミンスは吐き捨てるように言った。彼は怒っていた。戦いたいと願うだけならまだしも、エ

ンリケを罠《わな》にはめ、ノロティを危機にさらした。到底《とうてい》許されることではない。査問《さもん》会議が始まったら、絶対に代行から追い落としてやるとミンスは誓《ちか》っていた。

「ミンスは何言ってるのかなあ」

「は、すっとぼけるんじゃやねえ」

ミンスが、ハミュッツに怒りをぶつける。

「別に、怪物と戦えなくたって、残念じゃやないわよ」

「……なんじゃやと？」

「だってさ、相手なら、ほら、そこにいるじゃない」

そう言って、ハミュッツは指差した。砂の上に体を横たえる、エンリケを。

「代行！　この人は！」

ノロティが立ち上がり、エンリケをかばう。

「知ってるわよう。ガンバンゼルから聞いたわ。エンリケくんでしょ？」

ノロティが言葉を失う。エンリケが立ち上がり、ノロティをかばうように前に出る。

「あ、寝てて寝てて。回復するまで待つわよう。わたし気は長いからね、ゆっくり休んでなさい」

「何のつもりじゃや、ハミュッツ！」

ハミュッツはミンスの怒号《どごう》など気にも留めず、エンリケを眺《なが》める。

「いい眼《め》になったわね、エンリケくん。前にあったときとは別人。ノロティに会わせてよかったわ。正直、ここまでいい方向に働くとは思ってなかったから、すごく嬉《うれ》しいのねえ」

「……」

「実はね、ザトウなんて大して期待してなかったのね。あいつはさ、殺すのが楽しいから戦ってただけじゃない。そんな奴《やつ》の強さなんて、結局のところたかが知れてるのよねえ。

いつだって一番強いのは、他人のために戦う者。強大な敵に立ち向かい、いかなる苦難にもひるまないのは、いつだって誰かのために戦う者よ。

そうでしょう、ねえ、ノロティ」

ハミュッツが笑う。

その時、ミンスは自分が震えていることに気がついた。

『怪物』と向き合っているときですら感じなかったこの恐怖。

それも、当たり前のことだ。所詮《しよせん》ザトウなど、ハミュッツを目指して作られた、出来損《できそこ》ないのまがい物に過ぎないのだから。

「わたしにはね、命の恩人と呼べる人がいるわ。あいつはわたしのことなんか、どうとも思ってなかったけど、わたしはあいつを多分一生忘れない。そういう相手がいるのよ、わたしにも。

エンリケくん。今の君はあいつと少し似ているわ。

あいつに助けられたあの日から、わたしはそんな相手と、ぜひとも殺し合いをしてみたいと思っていた」

ゆっくりと、エンリケが前に出る。そして、言う。

「……あんたに戦う理由があっても、俺にはない」

「……あら」

「あんたは、かつての目標なんだ。もう興味はない」

「……つれないのねえ」

ハミュッツはまるで、少女のように笑った。

「失恋しちゃった」

そう言って、ハミュッツは、

「まあいいわ。いつか振り向いてね。待ってるから」

マットアラストは、黙っている。

「困った人と思ってたが、ああまで行っちまってるとは思ってなかった。わしらは、どうすればいい。このままあの女を、放っておいていいのか？」

マットアラストは、パイプをふかしながら言った。

「なあ、ミンス。悪い知らせがある。実は今日な、ハミと飲む約束してたんだよ」

「……」

ミンスが振り向く。酔いと血の気がさあっと引いていくのをミンスは感じた。酒場の入り口に陣取って、ハミュッツが手を振っていた。真っ青になったミンスの横に、ハミュッツは悠然《ゆうぜん》と腰を下ろす。今のミンスの言葉を、気にするそぶりもない。

「ミンスが飲んでるのおいしそうねえ。わたしも同じの」

ハミュッツは、出されたグラスに口をつけ、顔をしかめる。

「うえ、きついの飲んでるのねえ」

「なあ、ハミ」

グラスをゆらしながら、マットアラストが話しかける。

「なによ」

「……今の話聞いて思ったんだけど、なんでノロティを人質に取らなかったんだ?」

「何言ってるのよマット。あんた少しおかしいわよう」

「まさかハミに言われるとは思わなかった」

と、マットアラストが頭を抱える。

「なんであんな可愛《かわい》い子人質にしなきゃいけないのよ。わたし、そんなの嫌よう」

「でも、戦いたいんだろ? そうすればいいじゃないか」

「わかってないわねえ、あんたは。それじゃあさ、戦う意味がないじゃない。戦う意味がない戦いなんて、楽しくもなんともないわよ」

「そういうもんか」

「別に、強い相手なら誰だっていいから、戦いたいとは思わないのよ。大事なのはね、気持ちなの。わたしを殺したいっていう気持ちなの」

ハミュッツは、そう言って笑う。

「わたしはね、わたしを殺したくて殺したくてたまらない、っていう相手と、殺し合いたいのよ」

ミンスは、その笑顔を見ながら、言った。

「のう、代行。わしはいつか、あんたと戦うことになるような気がする」

そういうとハミュッツは、ミンスに笑いかける。

「やりたくなったら、いつでもおいで。わたしは気が長いから、いつまでも待ってるわ」

ミンスは思う。怪物との戦いはまだ、終わっていないのかもしれない。

怪物ザトウは、打ち果たした。だが真の怪物は、いまだここにいるのだから。

あとがき

みなさんこんにちは、山形石雄《やまがたいしお》です。

第二作となる『戦う司書と雷《いかずち》の愚者』、無事にお届けすることができました。すでに読まれた方も、これから読まれる方も、楽しんでいただけたなら幸いです。

前作の『恋する爆弾』を発表して以降、たくさんの方に感想、激励、批判をいただきました。一言一言、本当にありがたく受け取っています。なかでもとりわけ多くの方に聞かれたのですが、あとがきで書いたトイレに机を用意し籠《こ》もろうとした話は、本当です。山形はわりとよくウケ狙《ねら》いの嘘《うそ》をつきますが、あれは本当です。そのあたりよろしくお願いします。

先日、髪を坊主頭《ぼうず》にしました。しばらくの間、中途半端に伸ばして適当に真ん中で分ける、いわゆるオタクカットで通していたのですが、最近どうにもわずらわしく感じていたので、思い切って刈《か》ってみました。これがなかなかに当たりで、春先に重いコートを脱ぎ捨てた気分というか、風呂上りにタオル一枚でうろつく時の気分というか、実に開放的な気分です。

髪の毛というやつはどうやら、精神的な部分で、自分と外界を隔《へだ》てる障壁の役目を果たしているようで、それを取り払うことで少しばかり、気分がポジティブになるものなのかもしれません。

ビジュアル的には「途中で修行から逃げたお坊さん」もしくは「仕事で派手《はで》に失敗して土下《どげ》座《ざ》行脚《あんぎゃ》をするサラリーマン」という感じですが、もとより自分自身の外見に期待することの少ない身ですので、たいした問題ではありません。

あと、髪の毛の保温効果というのは一般に思われているよりもかなり高いようです。刈った翌々日に風邪をひき、五日ほど寝込みました。健康には注意しましょう。

それと最後になりましたが、今回もさまざまな方にお世話になりました。イラストレーターの前嶋《まえしま》さま、編集担当と編集部、校正、デザイン、その他お世話になった方々に、簡潔にですが謝辞《しゃじ》を述べさせていただきます。

そして、この本を手に取っていただいたみなさま。今後ともよろしくお願いします。

また、次の作品でお会いしましょう。それでは。

山形石雄

この作品の感想をお寄せください。

あて先　〒101－8050
東京都千代田区一ツ橋２－５－10
集英社　スーパーダッシュ編集部気付

山形石雄先生

前嶋重機先生

戦う司書と雷《いかずち》の愚者

BOOK2

山形石雄

集英社スーパーダッシュ文庫

2006年1月30日　第1刷発行
2009年9月6日　第3刷発行

★定価はカバーに表示してあります

発行者

太田富雄

発行所

株式会社 集英社

〒101－8050　東京都千代田区一ツ橋2－5－10
03(3239)5263(編集)
03(3230)6393(販売)・03(3230)6080(読者係)

印刷所

大日本印刷株式会社

ISBN4－08－630276－4 C0193

Printed in Japan

『本』が紡ぐ、
1～9巻 好評発売中!
戦う司書シリーズ
Tatakau Sisho series
山形石雄 Illustration 前嶋重機

壮大な物語。
死者はすべて『本』になり、
すべての人の記憶と物語が
受け継がれていく世界。『本』が
織り成す恋と奇跡、そして希望。
圧倒的スケールの本格ファンタジー！

喰戦えって!!
BEN
BEN